As Crônicas de NÁRNIA

As Crônicas de NÁRNIA

O Leão, a Feiticeira e o Guarda-roupa

C. S. LEWIS

Tradução de RONALD KYRMSE

Harper Collins

Título original: *The Lion, the Witch and the Wardrobe*
Copyright © 1950 por C.S. Lewis Pte. Ltd.
Ilustrações internas por Pauline Baynes; copyright © 1950 C.S. Lewis Pte. Ltd.
Todos os direitos reservados.

As Crônicas de Nárnia®, Nárnia® e todos os livros, personagens e lugares originais de
As Crônicas de Nárnia são marcas registradas de C.S. Lewis Pte. Ltd. Usar sem permissão
é estritamente proibido.

Copyright de tradução ©2023 por Casa dos Livros Editora LTDA.
Todos os direitos desta publicação são reservados à Casa dos Livros Editora LTDA.

Os pontos de vista desta obra são de responsabilidade de seus autores e colaboradores
diretos, não refletindo necessariamente a posição da Harper Collins Brasil, da Harper Collins
Publisher ou de sua equipe editorial.

Publisher	*Samuel Coto*
Editores	*André Lodos Tangerino e Brunna Prado*
Estagiária editorial	*Giovanna Staggemeier*
Preparação	*Daila Fanny*
Revisão	*Clarissa Ferreira e Gabriel Braz*
Revisão técnica	*Gabriele Greggersen*
Capa	*Rafael Brum*
Projeto gráfico	*Alexandre Azevedo*
Diagramação	*Sonia Peticov*

Catalogação na Publicação (CIP)
(BENITEZ Catalogação Ass. Editorial, MS, Brasil)

L652L	Lewis, C. S., 1898-1963
1.ed.	O leão, a feiticeira e o guarda-roupa / C. S. Lewis; tradutor Ronald Kyrmse; ilustradora Pauline Baynes. – 1.ed. – Rio de Janeiro: Thomas Nelson Brasil, 2023.
	192 p.; 13,5 x 20,8 cm.
	Título original: The Lion, the Witch and the Wardrobe
	ISBN 978-65-5511-474-4
	1. Ficção – Literatura infantojuvenil. I. Kyrmse, Ronald. II. Baynes, Pauline. III. Título.
11-2022/39	CDD: 028.5

Índice para catálogo sistemático:
1. Ficção: Literatura infantojuvenil 028.5

Bibliotecária responsável: Aline Graziele Benitez CRB-1/3129

Harper Collins Brasil é uma marca licenciada à Casa dos Livros Editora LTDA.
Todos os direitos reservados à Casa dos Livros Editora LTDA.
Rua da Quitanda, 86, sala 218 — Centro
Rio de Janeiro — RJ — CEP 20091-005
Tel.: (21) 3175-1030
www.harpercollins.com.br

Para Lucy Barfield

MINHA QUERIDA LUCY,

Escrevi esta história para você, mas, quando a comecei, não me dera conta de que as meninas crescem mais depressa que os livros. Eis que você já é velha demais para contos de fadas, e, à época em que ela estiver impressa e encadernada, estará ainda mais velha. Mas, algum dia, terá idade suficiente para começar a ler contos de fadas outra vez. Então, poderá tirá-la do alto da estante, espanar o pó e me dizer o que pensa a respeito. Provavelmente estarei surdo demais para escutar e velho demais para compreender uma só palavra que disser, mas serei ainda

seu afetuoso padrinho,
C.S. LEWIS

SUMÁRIO

1. Lúcia olha dentro de um guarda-roupa 9
2. O que Lúcia encontrou lá 17
3. Edmundo e o guarda-roupa 29
4. Manjar turco 39
5. De volta para este lado da porta 49
6. Dentro do bosque 59
7. Um dia com os castores 69
8. O que aconteceu depois do jantar 81
9. Na casa da Feiticeira 93
10. O feitiço começa a se quebrar 105
11. Aslan está mais perto 115
12. A primeira batalha de Pedro 127
13. Magia Profunda da alvorada do tempo 137
14. O triunfo da Feiticeira 147
15. Magia ainda mais profunda de antes da alvorada do tempo 157
16. O que aconteceu com as estátuas 169
17. A caça ao cervo branco 181

1. Lúcia olha dentro de um GUARDA-ROUPA

Era uma vez quatro crianças cujos nomes eram Pedro, Susana, Edmundo e Lúcia. Esta história é sobre algo que lhes aconteceu quando foram mandadas para longe de Londres durante a guerra, por causa dos ataques aéreos. Foram mandadas à casa de um velho professor que morava bem no interior, a quinze quilômetros da estação ferroviária e a três quilômetros da agência de correio mais próxima. Não tinha esposa e vivia em uma casa muito grande, com uma governanta chamada Sra. Macready e três criadas. (Seus nomes eram Ivy, Margarete e Bete, mas elas não aparecem muito na história.) Ele próprio era um homem muito velho, com cabelos e pelos brancos desgrenhados que cresciam na maior parte do rosto, assim como na cabeça, e as crianças se afeiçoaram a ele quase de imediato; mas, na primeira noite, quando ele saiu para encontrá-las na porta da frente, tinha um aspecto tão esquisito que Lúcia (a mais nova) ficou com um pouco de medo dele e Edmundo (o segundo mais novo) quis rir e precisou fingir que estava assoando o nariz para disfarçar.

Na primeira noite, assim que deram boa-noite ao Professor e subiram as escadas, os meninos entraram no quarto das meninas e todos conversaram a respeito.

— Vamos nos dar bem, com certeza — disse Pedro.
— Vai ser magnífico. Esse velhinho vai nos deixar fazer o que quisermos.

— Acho que ele é um velhinho simpático — disse Susana.

— Ah, deixem disso! — disse Edmundo, que estava cansado e fingia não estar cansado, o que sempre o deixava de mau humor. — Não fiquem falando assim.

— Assim como? — disse Susana. — De qualquer modo, é hora de você estar na cama.

— Tentando falar como a mamãe — disse Edmundo. — E quem é você para dizer quando eu devo ir para a cama? Vá para a cama você.

— Não seria melhor irmos todos para a cama? — disse Lúcia. — Com certeza vai ter confusão se nos ouvirem conversando aqui.

— Não vai ter, não — disse Pedro. — Estou dizendo que esse é o tipo de casa em que ninguém vai se importar com o que fizermos. Seja como for, não vão nos escutar. São uns dez minutos de caminhada daqui até a sala de jantar lá embaixo, e um montão de escadas e corredores pelo caminho.

— Que barulho é esse? — disse Lúcia de repente. Era a maior casa em que ela já estivera, e pensar em todos aqueles longos corredores e fileiras de portas que davam para quartos vazios começava a fazê-la se sentir um pouco assustada.

— É só um pássaro, boba — disse Edmundo.

— É uma coruja — disse Pedro. — Este lugar vai ser uma maravilha para pássaros. Agora vou para a cama. Que tal sairmos para explorar amanhã? Podemos encontrar qualquer coisa em um lugar destes. Vocês viram aquelas montanhas quando estávamos vindo? E os bosques? Pode haver águias. Pode haver cervos. Vai haver falcões.

— Texugos! — disse Lúcia.

— Raposas! — disse Edmundo.

— Coelhos! — disse Susana.

Mas, quando chegou a manhã seguinte, caía uma chuva contínua tão forte que, quando se olhava pela janela, não se via nem as montanhas, nem os bosques, nem mesmo o riacho no jardim.

— Claro que *tinha* que chover! — disse Edmundo. Tinham acabado o café da manhã com o Professor e estavam no andar de cima, no quarto que ele havia separado para eles: um recinto comprido, com teto baixo e duas janelas que davam em uma direção e duas na outra.

— Ora, pare de resmungar, Ed — disse Susana. — Aposto que o tempo vai abrir em uma hora mais ou menos. Enquanto isso, estamos muito bem. Tem um rádio e um monte de livros.

— Eu, não — disse Pedro. — Vou explorar a casa.

Todos concordaram, e foi assim que as aventuras começaram. Era o tipo de casa em que parece que você nunca vai chegar ao fim, e estava cheia de lugares inesperados. As primeiras portas que experimentaram só davam para quartos vazios, como todos esperavam que fosse ser; mas logo chegaram a um recinto muito comprido, cheio de quadros, e ali encontraram uma armadura; e, depois disso, havia um quarto todo acortinado em verde, com uma harpa em um canto; e depois vinham três degraus para baixo e cinco degraus para cima, daí uma espécie de saleta superior e uma porta que dava para um terraço, e depois toda uma série de quartos que davam uns nos outros e eram forrados de livros — na maioria, livros muito antigos, e alguns maiores que uma Bíblia de igreja. E, logo após isso, espiaram um recinto que estava bem vazio, exceto por um grande guarda-roupa, do tipo que tem um espelho na porta. Não havia mais nada no quarto, exceto uma mosca-varejeira morta no peitoril da janela.

— Nada aí! — disse Pedro, e todos saíram; todos, exceto Lúcia. Ela ficou para trás porque achava que valeria a pena tentar abrir a porta do guarda-roupa, mesmo tendo quase certeza de que estaria trancada. Para sua surpresa, abriu facilmente, e duas bolinhas de naftalina caíram para fora.

Olhando o interior, ela viu vários casacos suspensos — na maioria, casacos compridos de pele. Não havia nada de que Lúcia gostasse tanto quanto o cheiro e o toque de peles. Imediatamente, deu um passo para dentro do guarda-roupa, entrou no meio dos casacos e roçou o rosto neles, deixando a porta aberta, é claro, porque sabia que é muita tolice se trancar dentro de qualquer guarda-roupa. Logo ela adentrou mais e descobriu que havia uma segunda fileira de casacos pendurados atrás da primeira. Lá dentro, fazia-se uma escuridão quase completa, e ela manteve os braços estendidos à sua frente para não dar com o rosto no fundo do guarda-roupa; deu mais um passo para dentro — depois dois ou três passos —, sempre esperando sentir a tábua de madeira com as pontas dos dedos. Mas não a sentiu.

"Deve ser um guarda-roupa absolutamente enorme!", pensou Lúcia, entrando cada vez mais e empurrando para o lado as dobras macias dos casacos, para ter espaço para si. Então, percebeu que havia algo estalando sob os seus pés. "Será que são mais bolas de naftalina?", pensou, abaixando-se para sentir com a mão. Mas, em vez de sentir a madeira dura e lisa do piso do guarda-roupa, sentiu algo macio, flocado e extremamente frio. "Isso é muito esquisito", disse ela, e avançou mais um ou dois passos.

No momento seguinte, descobriu que o que lhe roçava o rosto e as mãos não era mais pele macia, mas, sim, alguma coisa dura e áspera, até mesmo espinhosa. "Ora, parece mesmo com galhos de árvores!", exclamou Lúcia. E então viu que havia uma luz à sua frente; não a alguns centímetros de distância, onde deveria estar o fundo do guarda-roupa, mas bem longe. Algo frio e macio caía sobre ela. Um instante depois, descobriu que estava no meio de um bosque, à noite, com neve sob os pés e flocos de neve caindo pelo ar.

Lúcia sentiu um pouco de medo, mas também se sentia muito curiosa e animada. Olhou para trás, por cima do ombro, e ali, entre os troncos escuros das árvores, ainda via a porta aberta do guarda-roupa, e até vislumbrava o quarto vazio de onde tinha partido. (É claro que deixara a porta aberta, pois sabia que é uma grande tolice se trancar em um guarda-roupa.) Lá ainda parecia haver luz do dia. "Sempre posso voltar se algo der errado", pensou Lúcia. Começou a andar adiante, *crunch-crunch* por cima da neve e através do bosque em direção à outra luz. Em cerca de dez minutos, chegou lá e descobriu que era um poste de luz. Parada ali, olhando para ele, perguntando-se por que havia um poste de luz no meio de um bosque, e imaginando o que faria em seguida, ouviu ruído de pés que vinham em sua direção. Logo depois um indivíduo muito estranho saiu dentre as árvores para a luz do poste.

Era só um pouco mais alto que a própria Lúcia e levava sobre a cabeça um guarda-chuva, branco de neve. Da cintura para cima, parecia um homem, mas suas pernas tinham a forma de pernas de bode (o pelo nelas era de um preto lustroso) e, em vez de pés, tinha cascos de bode. Também tinha cauda, porém, no início, Lúcia não notou, porque a cauda estava cuidadosamente pendurada sobre o braço que segurava o guarda-chuva, para que não arrastasse na neve. Tinha um cachecol de lã vermelha em torno do pescoço e sua pele também era bem avermelhada. Tinha um rostinho estranho, mas agradável, com uma barba curta e pontuda e cabelos encaracolados, e do cabelo projetavam-se dois chifres, um de cada lado da testa. Uma das mãos, como eu disse, segurava o guarda-chuva; no outro braço, levava vários embrulhos de papel pardo. Com aqueles embrulhos e a neve, parecia que acabara de fazer compras de Natal. Era um fauno. E, quando viu Lúcia, teve tamanho sobressalto de surpresa que derrubou todos os seus embrulhos.

"Ora, puxa vida!", exclamou o fauno.

2. O que Lúcia encontrou LÁ

— Boa noite — disse Lúcia. Mas o fauno estava tão ocupado apanhando seus embrulhos que não respondeu de pronto. Quando terminou, fez uma pequena reverência para ela.

— Boa noite, boa noite — disse o fauno. — Desculpe, não quero ser enxerido, mas estarei certo em pensar que você é uma Filha de Eva?

— Meu nome é Lúcia — disse ela, sem compreendê-lo completamente.

— Mas você é, perdão, você é o que chamam de menina? — disse o fauno.

— Claro que sou uma menina — disse Lúcia.

— Você é humana de verdade?

— Claro que sou humana — disse Lúcia, ainda um pouco espantada.

— Com certeza, com certeza — disse o fauno. — Como sou bobo! Mas nunca vi um Filho de Adão ou uma Filha de Eva antes. Estou encantado. Quer dizer... — e então se deteve, como se fosse dizer algo que não pretendia, mas lembrara a tempo. — Encantado, encantado — prosseguiu.
— Permita que me apresente. Meu nome é Tumnus.

— Muito prazer em conhecê-lo, Sr. Tumnus — disse Lúcia.

— E posso perguntar, ó Lúcia, Filha de Eva — disse o Sr. Tumnus —, como entrou em Nárnia?

— Nárnia? O que é isso? — disse Lúcia.

— Esta é a terra de Nárnia — respondeu o fauno —, onde estamos agora; tudo que se estende entre o poste de luz e o grande castelo de Cair Paravel no Mar Oriental. E você, você veio dos Bosques Selvagens do Oeste?

— Eu... eu entrei pelo guarda-roupa no quarto vazio — disse Lúcia.

— Ah! — disse Tumnus com voz um tanto melancólica. — Se eu tivesse me esforçado mais em geografia quando era um pequeno fauno, sem dúvida saberia tudo sobre esses países estranhos. Agora é tarde demais.

— Mas não são países — disse Lúcia, quase rindo. — Fica bem ali atrás, quer dizer... Não tenho certeza. É verão lá.

— Enquanto isso — disse o Sr. Tumnus —, é inverno em Nárnia, e tem sido por muito tempo, e nós dois vamos pegar um resfriado se ficarmos aqui conversando na neve. Filha de Eva da terra distante de Quatro Vazio, onde reina o verão eterno em torno da clara cidade de Guardar Roupa, que tal se viesse tomar chá comigo?

— Muito obrigada, Sr. Tumnus — disse Lúcia. — Mas eu estava me perguntando se não deveria retornar.

— É logo ali na esquina — disse o fauno — e vai ter uma lareira acesa, e torradas, e sardinhas, e bolo.

— Bem, é muito gentil de sua parte — disse Lúcia. — Mas não poderei ficar muito tempo.

— Se tomar meu braço, Filha de Eva — disse o Sr. Tumnus —, poderei segurar o guarda-chuva por cima de nós dois. Assim mesmo. Agora, vamos lá.

E, assim, Lúcia viu-se caminhando pelo bosque de braços dados com aquela estranha criatura, como se eles se conhecessem a vida toda.

Não haviam ido longe quando chegaram a um lugar em que o chão se tornou irregular, com pedras em toda a volta, e morrinhos para cima, e morrinhos para baixo. No fundo de um valezinho, o Sr. Tumnus virou de repente para o lado, como se fosse caminhar direto para dentro de um rochedo incomumente grande, mas, no último momento, Lúcia percebeu que ele a conduzia para a entrada de uma caverna. Assim que entraram, ela se viu piscando à luz de uma lareira. Então, o Sr. Tumnus se agachou e tirou da lareira um pedaço de lenha em chamas, com uma bonita e pequena tenaz, e acendeu uma lamparina.

— Não vai demorar — disse ele, e imediatamente pôs uma chaleira no fogo.

Lúcia pensou que jamais estivera em um lugar mais agradável. Era uma cavernazinha seca e limpa de pedra avermelhada, com um tapete no chão e duas pequenas poltronas ("Uma para mim e uma para um amigo", dissera o Sr. Tumnus), uma mesa, uma cômoda, uma prateleira sobre a lareira e, acima desta, um quadro de um velho fauno de barba cinzenta. Em um canto, havia uma porta que Lúcia pensou levar ao quarto do Sr. Tumnus, e em uma parede havia uma prateleira repleta de livros. Lúcia observou-os enquanto ele punha à mesa os pertences do chá. Eram títulos como *Vida e cartas de Sileno*, ou *Ninfas e seus costumes*, ou *Homens, monges e guarda-caças: um estudo de lendas populares*, ou *O homem é um mito?*.

— Venha, Filha de Eva! — disse o fauno.

E foi de fato um chá maravilhoso. Teve um belo ovo marrom, levemente cozido, para cada um, e depois sardinhas sobre torradas, e depois torradas com manteiga, e depois torradas com mel, e depois um bolo polvilhado de açúcar. E, quando Lúcia estava cansada de comer, o fauno começou a falar. Ele tinha lindas histórias para contar sobre a vida no bosque. Contou sobre as danças à meia-noite e como as ninfas que viviam nos poços e as dríades que viviam nas árvores saíam para dançar com os faunos; sobre longas caçadas ao cervo branco como leite, que podia realizar seus desejos se você o apanhasse; sobre banquetes e buscas ao tesouro com os selvagens anões vermelhos em minas profundas e cavernas bem abaixo do chão da floresta; e depois sobre o verão, quando o bosque era verde e o velho Sileno, em seu asno gordo, vinha visitá-los, e às vezes o próprio Baco, e então nos riachos fluía vinho em vez de água, e todo o bosque se entregava a comemorações por semanas a fio.

— Mas é sempre inverno agora — acrescentou, soturno.

Então, para se animar, tirou do estojo na cômoda uma estranha flautinha que parecia ser feita de palha e começou a tocar. A melodia que tocou fez Lúcia querer chorar, rir, dançar e ir dormir, tudo ao mesmo tempo. Deve ter sido horas mais tarde quando ela estremeceu e disse:

— Ah, Sr. Tumnus, sinto muito interrompê-lo, adoro essa melodia, mas realmente preciso ir para casa. Eu só pretendia ficar alguns minutos.

— Não adianta *agora*, você sabe — disse o fauno, depondo a flauta e balançando a cabeça para ela, muito entristecido.

— Não adianta? — disse Lúcia, levantando-se de um salto e sentindo-se bem assustada. — O que quer dizer? Preciso ir para casa imediatamente. Os outros devem estar se perguntando o que aconteceu comigo. — Mas um momento depois perguntou: — Sr. Tumnus! Qual é o problema? —, pois os olhos castanhos do fauno se haviam enchido de lágrimas, e então as lágrimas começaram a gotejar pelas bochechas, e logo estavam escorrendo pela ponta do nariz; por fim, ele cobriu o rosto com as mãos e uivou.

— Sr. Tumnus! Sr. Tumnus! — disse Lúcia, muito perturbada. — Não faça isso! Não faça isso! Qual é o problema? Você não está bem? Querido Sr. Tumnus, conte-me o que está errado.

Mas o fauno continuava a soluçar como se seu coração estivesse se partindo. Mesmo quando Lúcia foi até ele, envolveu-o com os braços e lhe emprestou seu lenço, ele não parou. Simplesmente pegou o lenço e ficou usando-o, torcendo-o com ambas as mãos quando ficava molhado demais para seguir sendo útil, de modo que logo Lúcia estava de pé em uma poça úmida.

— Sr. Tumnus! — berrou Lúcia na orelha dele, sacudindo-o. — Pare com isso. Pare já! Devia se envergonhar, um fauno grande como você. Por que é que está chorando?

— Oh, oh, oh! — soluçou

o Sr. Tumnus. — Estou chorando porque sou um fauno muito mau.

— Não penso que você seja um fauno mau, nem um pouco — disse Lúcia. — Penso que é um fauno muito bom. Você é o fauno mais simpático que já encontrei.

— Oh, oh, você não diria isso se soubesse — respondeu o Sr. Tumnus entre soluços. — Não, eu sou um fauno mau. Não acho que tenha existido um fauno pior desde o começo do mundo.

— Mas o que você fez? — perguntou Lúcia.

— Ora, meu velho pai — disse o Sr. Tumnus —, é o retrato dele em cima da lareira. Ele jamais teria feito algo assim.

— Algo assim como? — perguntou Lúcia.

— Assim como eu fiz — disse o fauno. — Prestando serviço à Feiticeira Branca. É isso que eu sou. Estou sob as ordens da Feiticeira Branca.

— A Feiticeira Branca? Quem é ela?

— Ora, é ela que tem toda Nárnia sob seu domínio. É ela que faz ser sempre inverno. Sempre inverno e nunca Natal; imagine só!

— Que horrível! — disse Lúcia. — Mas quais são as ordens dela para *você*?

— Essa é a pior parte — disse o Sr. Tumnus com um gemido profundo. — Sou um sequestrador a mando dela, é isso que sou. Olhe para mim, Filha de Eva. Você acreditaria que sou o tipo de fauno que encontra no bosque uma pobre criança inocente, que nunca me fez mal algum, e finge ser amigo dela, e a convida para vir à minha caverna, tudo para embalá-la no sono e depois entregá-la à Feiticeira Branca?

— Não — disse Lúcia. — Tenho certeza de que você não faria nada desse tipo.

— Mas eu fiz — disse o fauno.

— Bem — disse Lúcia bem devagar (pois ela queria ser sincera, mas não muito dura com ele) —, bem, isso foi bem ruim. Mas você está tão arrependido que tenho certeza de que nunca mais fará de novo.

— Filha de Eva, você não entende? — insistiu o fauno. — Não é algo que *fiz*. Estou fazendo isso agora, neste exato momento.

— O que quer dizer? — exclamou Lúcia, ficando muito pálida.

— Você é a criança — disse Tumnus. — Eu tinha ordens da Feiticeira Branca para que, se alguma vez visse um Filho de Adão ou uma Filha de Eva no bosque, eu o apanhasse e entregasse a ela. E você é a primeira que encontrei. Fingi ser seu amigo e a convidei para o chá, e o tempo todo esperava que você adormecesse, depois contaria a *ela*.

— Ah, mas você não vai, Sr. Tumnus — disse Lúcia. — Não vai, não é mesmo? Na verdade, na verdade, você não deve, não.

— E, se eu não fizer isso — disse ele, recomeçando a chorar —, com certeza ela vai descobrir. E vai mandar cortar minha cauda, e serrar meus chifres, e arrancar minha barba, e vai agitar a varinha sobre meus belos cascos fendidos e transformá-los em horrendos cascos sólidos como os de um maldito cavalo. E, se estiver muito e especialmente furiosa, ela vai me transformar em pedra, e serei só uma estátua de fauno em sua casa horrível até estarem preenchidos os quatro tronos em Cair Paravel, e sabe-se lá quando isso vai acontecer, ou se vai acontecer.

— Sinto muito, Sr. Tumnus — disse Lúcia. — Mas, por favor, deixe-me ir para casa.

— Claro que vou deixar — disse o fauno. — Claro que devo. Vejo isso agora. Eu não sabia como eram os humanos antes de conhecer você. Claro que não posso entregá-la à Feiticeira; não agora que a conheço. Mas precisamos partir de pronto. Vou levá-la de volta ao poste de luz. Imagino que, de lá, você consiga encontrar sozinha o caminho para Quatro Vazio e Guardar Roupa?

— Tenho certeza que sim — disse Lúcia.

— Precisamos ir com o maior silêncio possível — disse o Sr. Tumnus. — O bosque todo está repleto de espiões *dela*. Até algumas das árvores estão do lado dela.

Ergueram-se ambos e deixaram os pertences do chá na mesa, e mais uma vez o Sr. Tumnus armou seu guarda-chuva e deu o braço a Lúcia, e saíram para a neve. O trajeto de volta não foi nem um pouco como o trajeto à caverna do fauno; esgueiraram-se o mais depressa que puderam, sem dizer palavra, e o Sr. Tumnus seguiu pelos lugares mais escuros. Lúcia ficou aliviada quando alcançaram o poste de luz outra vez.

— Conhece o caminho saindo daqui, Filha de Eva? — disse o Sr. Tumnus.

Lúcia espiou com muita atenção entre as árvores e mal conseguiu ver ao longe um clarão de luz que parecia a luz do dia. — Sim — disse ela —, posso ver a porta do guarda-roupa.

— Então vá para casa o mais depressa que puder! — disse o fauno. — E... será que você po-poderá me perdoar pelo que eu pretendia fazer?

— Ora, é claro que posso — disse Lúcia, apertando a mão dele cordialmente. — E espero que você não se meta em apuros sérios por minha causa.

— Adeus, Filha de Eva — disse ele. — Quem sabe eu posso ficar com o lenço?

— Sem dúvida! — disse Lúcia, e então correu na direção do distante clarão de luz do dia tão depressa quanto as pernas a levassem. E logo, em vez de ramos ásperos roçando-a, sentiu casacos; e, em vez da neve rangendo sob os pés, sentiu tábuas de madeira; e de repente viu-se saltando do guarda-roupa para o mesmo quarto vazio no qual começara toda a aventura. Fechou a porta do guarda-roupa bem fechada atrás de si e olhou em volta, com a respiração ofegante. Ainda estava chovendo, e podia ouvir as vozes dos outros no corredor.

— Estou aqui — gritou. — Estou aqui. Voltei, estou bem.

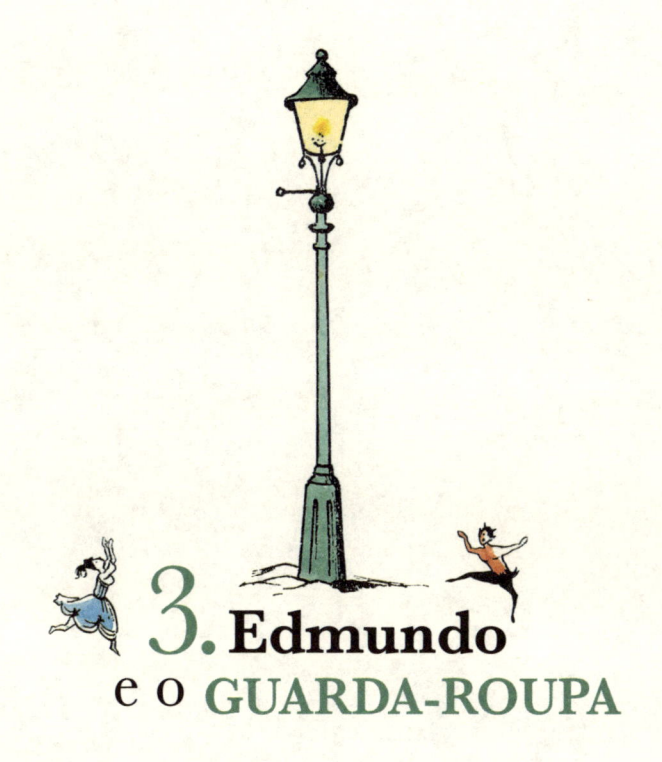

3. Edmundo e o GUARDA-ROUPA

Lúcia saiu às pressas do quarto vazio para o corredor e encontrou os outros três.
— Está tudo bem — repetiu. — Voltei.
— Do que raios você está falando, Lúcia? — perguntou Susana.
— Ora — disse Lúcia, admirada —, vocês todos não estavam se perguntando onde eu estava?
— Então você estava escondida, não é? — disse Pedro.
— Coitadinha da Lu, escondida e ninguém notou! Você vai ter que se esconder por mais tempo se quiser que as pessoas comecem a procurá-la.
— Mas estive fora por horas e horas — disse Lúcia.
Todos os outros ficaram se encarando.
— Doidinha! — disse Edmundo, dando pancadinhas na cabeça. — Bem doidinha!
— O que quer dizer, Lu? — perguntou Pedro.
— O que eu disse — respondeu Lúcia. — Passava um pouco do café da manhã quando entrei no guarda-roupa, e estive fora por horas e horas, tomei chá e aconteceu todo tipo de coisa.
— Não seja boba, Lúcia — disse Susana. — Acabamos de sair daquele quarto há pouco, e você estava lá naquela hora.

— Ela não está sendo nem um pouco boba — disse Pedro. — Está só inventando uma história para se divertir, não é mesmo, Lu? E por que não faria isso?

— Não, Pedro, não estou — disse ela. — É... é um guarda-roupa mágico. Tem um bosque lá dentro, e está nevando, e tem um fauno e uma Feiticeira, e se chama Nárnia. Venham ver.

Os outros não sabiam o que pensar, mas Lúcia estava tão animada que todos voltaram com ela para o quarto. Ela apressou-se à frente deles, abriu a porta do guarda-roupa de supetão e exclamou:

— Aí! Entrem e vejam vocês mesmos.

— Ora, sua boboca — disse Susana, pondo a cabeça lá dentro e afastando os casacos de pele —, é só um guarda-roupa comum. Olhe! Ali está o fundo dele.

Então todos olharam para dentro e afastaram os casacos, e todos viram — a própria Lúcia viu — um guarda-roupa perfeitamente normal. Não havia bosque nem neve, só o fundo do guarda-roupa, com ganchos. Pedro entrou e bateu nele com os nós dos dedos para se assegurar de que era sólido.

— Você pregou uma excelente peça, Lu — disse ele, saindo outra vez. — Realmente nos enganou, preciso admitir. Meio que acreditamos em você.

— Mas não preguei peça nenhuma — disse Lúcia. — É sério! De verdade. Estava tudo diferente momentos atrás. Honestamente. Prometo.

— Vamos, Lu — disse Pedro — isso é querer demais. Já fez sua piada. Não seria melhor parar por aqui?

Lúcia enrubesceu intensamente e tentou dizer algo, mas mal sabia o que iria dizer e caiu no choro.

Durante os dias seguintes, ela se sentiu muito infeliz. Poderia ter acertado as coisas com os outros muito facilmente, a qualquer momento, se tivesse se obrigado a dizer que tudo aquilo fora apenas uma história inventada para fazer graça. Mas Lúcia era uma menina muito honesta e sabia que realmente tinha razão, então não conseguia se obrigar a dizer isso. Os outros, que pensavam que ela estava contando uma mentira, e uma mentira boba, a deixavam muito triste. Os dois mais velhos faziam isso sem querer, mas Edmundo podia ser, e naquela ocasião estava sendo, maldoso. Zombava e debochava de Lúcia e ficava lhe perguntando se tinha encontrado algum país novo em outros armários pela casa. O que piorava as coisas era que aqueles dias deveriam ser prazerosos. O tempo estava gostoso, e ficavam ao ar livre da manhã até a noite, tomando banho, pescando, subindo em árvores e deitando-se na grama. Mas Lúcia não era capaz de se divertir de verdade com nada. E assim as coisas foram caminhando até o próximo dia chuvoso.

Nesse dia, quando chegou de tarde e ainda não havia sinal de mudança do tempo, eles decidiram brincar de esconde-esconde. Susana era "a da vez", e assim que os demais se espalharam para se esconder, Lúcia foi para o quarto onde ficava o guarda-roupa. Não pretendia se esconder no guarda-roupa porque sabia que isso só faria os demais recomeçarem a falar sobre aquele caso infeliz. Mas queria dar mais uma olhada lá dentro; pois, àquela altura, ela mesma começava a se perguntar se Nárnia e o fauno não tinham sido um sonho. A casa era tão grande, complicada e cheia de esconderijos que achou que teria tempo de dar uma espiada no guarda-roupa e depois se esconder em outro lugar. Mas, assim que lá chegou, ouviu passos no corredor, e aí não houve alternativa senão pular dentro do guarda-roupa e encostar a porta atrás de si. Não a fechou direito porque sabia que é uma grande tolice se trancar em um guarda-roupa, mesmo que não fosse mágico.

Bem, os passos que ouvira eram de Edmundo, e ele entrou no quarto bem a tempo de ver Lúcia sumir dentro do guarda-roupa. Imediatamente, decidiu entrar ele mesmo — não porque pensasse que era um lugar especialmente bom para se esconder, mas porque queria continuar provocando-a sobre seu país imaginário. Abriu a porta. Ali estavam os casacos, pendurados como de costume, e o cheiro de naftalina, e escuridão e silêncio, e nenhum sinal de Lúcia. "Ela pensa que sou Susana vindo pegá-la", disse Edmundo para si mesmo, "por isso ela está se mantendo bem quieta no fundo". Pulou para dentro e fechou a porta, se esquecendo que isso é uma grande tolice. Então, começou a tatear, procurando Lúcia no escuro. Esperava encontrá-la em alguns segundos e ficou muito surpreso quando não a encontrou. Decidiu abrir a porta outra vez, para deixar entrar alguma luz. Mas também não conseguiu encontrá-la. Não gostou disso nem um pouco, e começou a se debater ferozmente em todas as direções. Até gritou: "Lúcia! Lu! Onde está você? Sei que está aqui".

Não houve resposta, e Edmundo notou que sua própria voz tinha um som curioso — não o que se espera em um armário, mas uma espécie de som ao ar livre. Também notou que sentia um frio inesperado; e então viu uma luz.

"Graças a Deus", disse Edmundo, "a porta deve ter-se aberto sozinha". Esqueceu-se de Lúcia e rumou para a luz, que pensava ser a porta aberta do guarda-roupa. Mas, em vez de se ver saindo para o quarto vazio, se viu saindo da sombra de uns abetos espessos e escuros para um lugar aberto no meio de um bosque.

Havia neve seca e quebradiça sob os seus pés e mais neve depositada sobre os ramos das árvores. Lá em cima havia um céu azul-pálido, o tipo de céu que se vê em um belo dia de inverno pela manhã. Bem à frente, entre os troncos das árvores, via o sol, que acabara de nascer, muito vermelho e nítido. Tudo estava em perfeito silêncio, como se fosse a única criatura viva naquela região. Não havia nem um tordo, nem um esquilo entre as árvores, e o bosque se estendia até onde conseguia ver, em todas as direções. Sentiu um arrepio.

Agora recordava que estivera procurando Lúcia; e o quanto fora rude com ela sobre seu "país imaginário", que agora se revelava nem um pouco imaginário. Pensou que ela deveria estar em algum lugar bem próximo, e assim gritou: "Lúcia! Lúcia! Também estou aqui, o Edmundo".

Não houve resposta.

"Ela está com raiva por causa de tudo o que eu disse ultimamente", pensou Edmundo. E, apesar de não gostar de admitir que estivera errado, também não gostava muito de estar sozinho naquele lugar estranho, frio e silencioso; por isso gritou de novo: "Ora, Lu! Sinto muito por não acreditar em você. Agora vejo que estava certa o tempo todo. Saia daí. Vamos dar uma trégua".

Ainda não houve resposta.

"Bem coisa de menina", disse Edmundo para si mesmo, "ficar amuada em algum lugar, e não aceitar desculpas". Olhou em torno outra vez e decidiu que não gostava muito daquele lugar. Quase se decidira a ir para casa quando ouviu, bem ao longe no bosque, o som de sinetas. Ficou escutando, e o som se aproximou cada vez mais, e finalmente surgiu com ímpeto um trenó puxado por duas renas.

As renas eram mais ou menos do tamanho de pôneis de Shetland, e seu pelo era tão branco que a própria neve mal parecia branca se comparada a elas; seus chifres ramificados eram dourados e reluziram como chamas quando o nascer do sol os apanhou. Seus arreios eram de couro escarlate, recobertos de sinetas. No trenó, conduzindo as renas, estava sentado um anão gordo que teria mais ou menos um metro de altura se ficasse em pé. Estava vestido de pele de urso polar e usava na cabeça um gorro vermelho com uma longa borla dourada pendurada na ponta; sua barba enorme cobria-lhe os joelhos e lhe servia de cobertor. Mas, atrás dele, em um assento muito mais alto no meio do trenó, estava sentada uma pessoa bem diferente: uma grande dama, mais alta que qualquer mulher que Edmundo já vira. Também estava coberta de pele branca até o pescoço e segurava uma varinha dourada longa e reta na mão direita, com uma coroa dourada na cabeça. Seu rosto era branco — não meramente pálido, mas branco como neve, ou papel, ou açúcar de confeiteiro, exceto por sua boca muito vermelha. Era um rosto lindo sob outros aspectos, mas altivo, frio e severo.

O trenó era uma bela visão, vindo em uma curva na direção de Edmundo, com as sinetas tilintando e o anão estalando o chicote e a neve voando para cima, de ambos os lados.

— Pare! — disse a dama, e o anão deteve as renas tão subitamente que elas quase se sentaram. Então elas se refizeram e ficaram em pé, mordendo os freios e bufando. No ar gélido, o hálito que lhes saía das narinas parecia fumaça.

— E você o que é? Rogo-lhe que me diga — disse a dama, olhando fixamente para Edmundo.

— Eu sou... eu sou... meu nome é Edmundo — respondeu o menino, um tanto desajeitado. Não gostava do modo como ela o olhava.

A dama franziu as sobrancelhas. — É assim que você se dirige a uma rainha? — perguntou ela, parecendo mais severa que nunca.

— Peço perdão, Vossa Majestade, eu não sabia — disse Edmundo.

— Não conhecia a Rainha de Nárnia? — indagou ela. — Ah! Há de nos conhecer melhor depois disto. Mas repito: o que é você?

— Por favor, Vossa Majestade — disse Edmundo — não sei o que a dama quer dizer. Estou na escola, pelo menos estava; agora são férias.

4. Manjar TURCO

— Mas o que você é? — perguntou a Rainha outra vez. — Você é um anão grande, que cresceu demais e cortou a barba?

— Não, Vossa Majestade — disse Edmundo. — Nunca tive barba. Sou um menino.

— Um menino! — disse ela. — Quer dizer que é um Filho de Adão?

Edmundo ficou imóvel, sem nada dizer. Àquela altura estava confuso demais para compreender o que a pergunta significava.

— Vejo que você é um idiota, seja o que for além disso — disse a Rainha. — Responda-me de uma vez, do contrário hei de perder a paciência. Você é humano?

— Sim, Vossa Majestade — disse Edmundo.

— E como, rogo-lhe, chegou a entrar em meus domínios?

— Por favor, Vossa Majestade, entrei através de um guarda-roupa.

— Um guarda-roupa? O que quer dizer?

— Eu... eu abri uma porta e simplesmente me vi aqui, Vossa Majestade — disse Edmundo.

— Ah! — exclamou a Rainha, falando mais consigo mesma que com ele. — Uma porta. Uma porta do mundo dos homens! Ouvi falar em tais coisas. Isso pode arruinar tudo. Mas ele é somente um, e é fácil lidar com ele. — Ao dizer essas palavras, ergueu-se do assento e olhou diretamente para o rosto de Edmundo, com os olhos em chamas; no mesmo momento, ergueu a varinha. Edmundo teve a certeza de que ela iria fazer algo pavoroso, mas parecia incapaz de se mexer. Então, bem quando estava se dando por perdido, ela pareceu mudar de ideia.

— Minha pobre criança — disse ela, em uma voz totalmente diferente — como parece gelado! Venha sentar-se comigo aqui no trenó e vou pôr meu manto em volta de você. Vamos conversar.

Edmundo não gostou nem um pouco daquele arranjo, mas não ousou desobedecer; subiu no trenó e sentou-se aos pés dela, e ela pôs uma dobra de seu manto de pele em torno dele e o ajeitou bem.

— Quem sabe alguma coisa quente para beber? — disse a Rainha. — Gostaria disso?

— Sim, por favor, Vossa Majestade — disse Edmundo, cujos dentes estavam batendo.

A Rainha tirou de algum lugar de suas vestes um frasco muito pequeno, que parecia ser feito de cobre. Então, estendendo o braço, deixou uma gota cair dele sobre a neve junto ao trenó. Edmundo viu a gota no meio do ar por um segundo, brilhando como um diamante. Mas, no momento em que ela tocou a neve, ressoou o som de um chiado, e ali estava uma taça crivada de joias, cheia de algo fumegante. O anão a pegou de imediato e a entregou a Edmundo com uma reverência e um sorriso, mas não um sorriso muito simpático. Edmundo sentiu-se muito melhor ao começar a bebericar a bebida quente. Era algo que ele jamais provara antes, muito doce, espumoso e cremoso, e aqueceu-o até os dedos dos pés.

— Não tem graça, Filho de Adão, beber sem comer — disse a Rainha em seguida. — O que mais gostaria de comer?

— Manjar turco, por favor, Vossa Majestade — disse Edmundo.

A Rainha deixou outra gota cair de seu frasco na neve e, instantaneamente, surgiu uma caixa redonda, enlaçada com uma fita de seda verde que, uma vez aberta, revelou conter vários quilos do melhor manjar turco. Cada pedaço era completamente doce e leve, e Edmundo nunca provara nada tão delicioso. Agora estava bem aquecido e muito confortável.

Enquanto ele comia, a Rainha lhe fazia perguntas. No começo, Edmundo tentou se lembrar de que é grosseiro falar de boca cheia, mas logo se esqueceu e só pensava em devorar quanto manjar turco conseguisse; e quanto mais comia, mais queria comer; e nunca se perguntou por que a Rainha era tão curiosa. Ela conseguiu que ele lhe contasse que tinha um irmão e duas irmãs, e que uma de suas irmãs já estivera em Nárnia e ali encontrara um fauno, e que ninguém, além dele, de seu irmão e de suas irmãs, sabia alguma coisa sobre Nárnia. Ela parecia especialmente interessada no fato de que eles eram quatro e voltava sempre a esse assunto.

— Tem certeza de que vocês são só quatro? — perguntava. — Dois Filhos de Adão e duas Filhas de Eva, nem mais nem menos?

Edmundo, com a boca cheia de manjar turco, dizia: — Sim, eu te disse isso antes — esquecendo de chamá-la de "Vossa Majestade", mas agora ela não parecia se importar.

Por fim, todo o manjar turco havia terminado, e Edmundo encarava muito fixamente a caixa vazia, desejando que ela lhe perguntasse se queria um pouco mais. Provavelmente a Rainha sabia muito bem o que ele estava pensando, pois sabia, apesar de Edmundo não saber, que aquele era um manjar turco encantado, e que quem o provasse uma vez desejaria cada vez mais, e se lhe permitissem, continuaria comendo até se matar. Mas ela não lhe ofereceu mais. Em vez disso, disse a ele:

— Filho de Adão, gostaria tanto de ver seu irmão e suas duas irmãs. Vai trazê-los para me encontrarem?

— Vou tentar — disse Edmundo, ainda olhando para a caixa vazia.

— Porque se você voltasse, trazendo-os consigo, é claro, eu seria capaz de lhe dar mais um pouco de manjar turco. Agora não posso, a magia só funciona uma vez. Em minha própria casa, as coisas seriam diferentes.

— Por que não podemos ir à sua casa agora? — disse Edmundo. Quando havia subido no trenó, temera que ela o levasse para algum lugar desconhecido de onde não voltasse, mas agora esquecera esse medo.

— É um lindo lugar, minha casa — disse a Rainha. — Tenho certeza de que você gostaria de lá. Há salas inteiras repletas de manjar turco, e ainda mais, não tenho nenhum filho. Quero um bom menino a quem eu possa criar como príncipe e que seria Rei de Nárnia quando eu me fosse. Enquanto fosse príncipe, usaria uma coroa dourada e comeria manjar turco o dia todo; e você é de longe o jovem mais esperto e mais bonito que já encontrei. Acho que gostaria de tornar você príncipe, algum dia, quando trouxer os outros para me visitarem.

— Por que não agora? — disse Edmundo. Seu rosto ficara bem corado, e a boca e as mãos estavam grudentas. Não parecia esperto nem bonito, não importa o que dissesse a Rainha.

— Ah, mas se eu o levasse lá agora — disse ela — eu não veria seu irmão e suas irmãs. Quero muito conhecer seus encantadores parentes. Você há de ser príncipe e, mais tarde, rei; isso está claro. Mas precisa ter cortesãos e nobres. Farei seu irmão duque e suas irmãs duquesas.

— Não há nada de especial *neles* — disse Edmundo — e, de qualquer modo, sempre posso trazê-los em alguma outra hora.

— Ah, mas uma vez que esteja em minha casa — disse a Rainha — você poderia se esquecer deles. Estaria se divertindo tanto que não se daria ao trabalho de buscá-los. Não. Você deve retornar ao seu próprio país agora e vir a mim outro dia, *com eles*, você compreende. Não adianta vir sem eles.

— Mas nem sei o caminho de volta para meu próprio país — implorou Edmundo.

— Isso é fácil — respondeu a Rainha. — Está vendo aquela luz? — apontou com a varinha, e Edmundo virou-se e viu o mesmo poste de luz embaixo do qual Lúcia encontrara o fauno. — Seguindo em frente, além dele, fica o caminho para o Mundo dos Homens. E agora olhe para o outro lado — e apontou na direção oposta — e diga-me se consegue ver dois morrinhos que se erguem acima das árvores.

— Acho que sim — disse Edmundo.

— Bem, minha casa fica entre aqueles morrinhos. Assim, da próxima vez que você vier, só precisa encontrar o poste de luz e buscar aqueles morrinhos e caminhar através do bosque até chegar à minha casa. Mas lembre-se: você precisa trazer os outros consigo. Eu ficaria muito zangada com você caso viesse sozinho.

— Vou fazer o possível — disse Edmundo.

— Aliás — disse a Rainha — não precisa contar a eles sobre mim. Seria divertido manter isso em segredo entre nós dois, não é mesmo? Faça uma surpresa. Só os traga até os dois morros. Um menino esperto como você facilmente inventará uma desculpa para fazer isso e, quando chegarem à minha casa, pode simplesmente dizer: "Vamos ver quem mora aqui", ou coisa assim. Tenho certeza de que será melhor. Se sua irmã encontrou um dos faunos, ela pode ter ouvido histórias estranhas a meu respeito, histórias sórdidas que podem deixá-la receosa de vir até mim. Os faunos dizem qualquer coisa, você sabe, e agora...

— Por favor, por favor — disse Edmundo de repente — por favor, não posso ter só um pedaço de manjar turco para comer no caminho de casa?

— Não, não — respondeu a Rainha, rindo. — Você deve esperar a próxima vez. — Enquanto falava, fez sinal para que o anão seguisse caminho, mas enquanto o trenó rapidamente sumia de vista, a rainha acenou para Edmundo, falando em voz alta:

— Da próxima vez! Da próxima vez! Não se esqueça. Venha logo.

Edmundo ainda olhava fixamente para o trenó quando ouviu alguém chamar seu nome e, olhando em volta, viu Lúcia, que vinha em sua direção de outra parte do bosque.

— Ah, Edmundo! — exclamou ela. — Então você também entrou! Não é maravilhoso, e agora...

— Muito bem — disse Edmundo — Vejo que você tinha razão, e é um guarda-roupa mágico, afinal de contas. Vou dizer que sinto muito, se você quiser. Mas em que raios de lugar você esteve esse tempo todo? Estive procurando você por toda parte.

— Se eu soubesse que você tinha entrado, eu teria te esperado — disse Lúcia, que estava demasiado feliz e animada para perceber o modo impertinente de Edmundo falar, ou o quanto seu rosto estava corado e estranho. — Estava almoçando com o querido Sr. Tumnus, o fauno, e ele está muito bem, e a Feiticeira Branca não fez nada a ele por me deixar ir embora, então ele acha que ela não deve ter descoberto. Quem sabe tudo vá estar bem no fim das contas.

— A Feiticeira Branca? — disse Edmundo — Quem é ela?

— É uma pessoa absolutamente terrível — disse Lúcia. — Ela se diz Rainha de Nárnia, apesar de não ter nenhum direito a ser rainha, e todos os faunos, dríades, náiades, anões e animais, pelo menos os bons, simplesmente a odeiam. Ela pode transformar pessoas em pedras e fazer todos os tipos de coisas horríveis. E ela fez uma magia para ser sempre inverno em Nárnia, sempre, mas nunca chegar o Natal. E ela passeia por aí em um trenó, puxado por renas, com a varinha na mão e uma coroa na cabeça.

Edmundo já se sentia desconfortável por ter comido doces demais e, quando ouviu que a dama com quem travara amizade era uma perigosa feiticeira, sentiu-se mais desconfortável ainda. Mas ainda queria provar aquele manjar turco outra vez mais do que queria qualquer outra coisa.

— Quem lhe disse todas essas coisas sobre a Feiticeira Branca? — perguntou.

— O Sr. Tumnus, o fauno — disse Lúcia.

— Não se pode sempre acreditar no que dizem os faunos — disse Edmundo, tentando soar como quem sabia muito mais sobre eles que Lúcia.

— Quem disse isso? — perguntou Lúcia.

— Todos sabem disso — disse Edmundo. — Pergunte a quem quiser. Mas é bem pouco divertido ficar aqui parado na neve. Vamos para casa.

— Sim, vamos — disse Lúcia. — Ah, Edmundo, estou *realmente* contente que você entrou também. Os outros vão ter que acreditar em Nárnia, agora que nós dois estivemos aqui. Como será divertido!

Mas, em segredo, Edmundo pensava que não seria tão divertido para ele quanto para ela. Ele teria que admitir diante de todos os outros que Lúcia estivera certa e tinha certeza de que os outros estariam do lado dos faunos e dos animais, mas ele já estava bem mais para o lado da Feiticeira. Não sabia o que iria dizer, ou como manteria seu segredo quando estivessem todos falando sobre Nárnia.

Naquele ponto, já haviam andado um bom trecho. Então, de repente, sentiram casacos ao redor em vez de ramos e, em seguida, estavam ambos de pé do lado de fora do guarda-roupa, no quarto vazio.

— Ora — disse Lúcia — você está com uma cara péssima, Edmundo. Não se sente bem?

— Estou ótimo — disse Edmundo, mas não era verdade. Estava se sentindo muito nauseado.

— Vamos lá então — disse Lúcia. — Vamos encontrar os outros. Quanta coisa vamos ter para lhes contar! E que montão de aventuras vamos ter agora que estamos todos juntos nisso!

5. De volta para este lado da PORTA

Como a brincadeira de esconde-esconde ainda estava em curso, Edmundo e Lúcia levaram algum tempo para encontrar os outros. Mas, quando finalmente estavam todos juntos (o que aconteceu na sala comprida, onde estava a armadura), Lúcia irrompeu:

— Pedro! Susana! É tudo verdade. Edmundo também viu. *Existe* um país ao qual se pode chegar através do guarda-roupa. Edmundo e eu, nós dois entramos. Nós nos encontramos lá, no bosque. Vamos, Edmundo: conte tudo para eles.

— O que é que é isso tudo, Ed? — disse Pedro.

E agora chegamos a um dos pontos mais desprezíveis da história. Até aquele momento, Edmundo estava se sentindo nauseado, amuado e irritado com Lúcia por estar certa, mas não se decidira quanto ao que fazer. Quando Pedro, repentinamente, lhe fez a pergunta, decidiu de pronto fazer a coisa mais malvada e vingativa que podia imaginar. Decidiu decepcionar Lúcia.

— Conte-nos, Ed — disse Susana.

E Edmundo fez uma cara muito superior, como se fosse muito mais velho que Lúcia (na verdade, só havia um ano de diferença), deu uma risadinha e disse:

— Ah, sim, Lúcia e eu estivemos brincando, fazendo de conta que é verdade toda a sua história sobre um país no guarda-roupa. Só por brincadeira, claro. Na verdade, não tem nada lá.

Lúcia, coitada, olhou para Edmundo e saiu correndo da sala.

Edmundo, que estava se tornando uma pessoa mais malvada a cada minuto, pensou ter tido grande sucesso, e continuou de pronto, dizendo:

— Lá vai ela outra vez. Qual o problema dela? Isso é o pior das crianças pequenas, elas sempre...

— Olha aqui — disse Pedro, virando-se para ele com selvageria — cale a boca! Você tem sido absolutamente cruel com a Lúcia desde que ela começou com essa bobagem do guarda-roupa, e agora você está fazendo suas brincadeiras e a provocando de novo. Acredito que você fez isso de pura maldade.

— Mas é tudo bobagem — disse Edmundo, muito surpreso.

— É claro que é tudo bobagem — disse Pedro — e é disso que se trata. A Lu estava perfeitamente bem quando saímos de casa, mas, desde que chegamos aqui, ela parece estar ficando mal da cabeça ou se tornando uma tremenda mentirosa. Mas, seja lá o que for, o que você acha que vai conseguir zombando dela e cutucando-a em um dia e incentivando-a no outro?

— Eu pensei... eu pensei... — disse Edmundo, mas não conseguiu pensar no que dizer.

— Você não pensou nada de nada — disse Pedro. — É só maldade. Você sempre gostou de ser bruto com quem é menor que você; vimos isso antes, na escola.

— Ora, parem com isso — disse Susana — vocês brigarem entre si não vai melhorar as coisas. Vamos encontrar Lúcia.

Não foi surpresa que, quando encontraram Lúcia bem mais tarde, todos puderam ver que estivera chorando. Nada que lhe disseram fez qualquer diferença. Ela se aferrou à sua história e disse:

— Não me importa o que vocês pensem e não me importa o que vocês digam. Podem contar ao Professor, escrever à mamãe ou fazer o que quiserem. Eu sei que encontrei um fauno lá dentro, e... queria ter ficado lá, e vocês são todos idiotas, idiotas.

Foi uma noite desagradável. Lúcia estava arrasada e Edmundo começava a sentir que seu plano não estava funcionando tão bem quanto esperara. Os dois mais velhos realmente começavam a pensar que Lúcia estava maluca. Ficaram no corredor falando sobre isso aos sussurros por muito tempo depois de ela ter se deitado.

O resultado foi que, na manhã seguinte, decidiram contar mesmo tudo aquilo ao Professor.

— Ele vai escrever ao papai se achar que realmente há algo errado com a Lu. — disse Pedro. — Isso está saindo do nosso controle.

Então, foram bater à porta do escritório, e o Professor disse "Entrem", levantou-se, buscou cadeiras para eles e disse que estava totalmente à disposição deles. Daí ficou sentado, escutando-os, com as pontas dos dedos apertadas umas nas outras, sem nunca interromper até terem terminado a história toda. Depois disso, não disse nada por um bom e longo tempo. Então, pigarreou e disse a última coisa que nenhum deles esperaria:

— Como vocês sabem — perguntou — que a história da sua irmã não é verdade?

— Ah, mas... — começou Susana, e então se deteve. Qualquer um podia ver, olhando o rosto do velho, que ele falava perfeitamente a sério. Então, Susana se recompôs e disse:

— Mas Edmundo disse que eles só estavam fazendo de conta.

— Esse é um ponto — disse o Professor — que certamente merece consideração, consideração muito cautelosa. Por exemplo, me desculpem perguntar, a sua experiência os leva a considerar seu irmão ou sua irmã como mais confiável? Quero dizer, qual é o mais verdadeiro?

— É bem isso que é curioso no caso, senhor — disse Pedro. — Até agora, eu diria que é a Lúcia, o tempo todo.

— E você, o que pensa, querida? — disse o Professor, voltando-se para Susana.

— Bem — disse Susana — em geral, eu diria o mesmo que Pedro, mas não pode ser verdade, tudo isso sobre o bosque e o fauno.

— Isso é mais do que eu sei — disse o Professor — e uma acusação de mentira contra alguém que vocês sempre consideraram verdadeira é uma coisa muito séria, uma coisa realmente muito séria.

— Tínhamos medo de que não fosse nem mentira — disse Susana. — Imaginamos que poderia haver algo errado com Lúcia.

— Loucura, vocês querem dizer? — disse o Professor com bastante frieza. — Ah, vocês podem ficar tranquilos quanto a isso. Basta olhar e falar com ela para ver que não está louca.

— Mas então — disse Susana, e parou. Ela jamais sonhara que um adulto falaria como o Professor, e não sabia o que pensar.

— Lógica! — disse o Professor meio que consigo mesmo. — Por que não ensinam lógica nessas escolas? Só há três possibilidades. Ou sua irmã está contando mentiras, ou está louca, ou está contando a verdade. Vocês sabem que ela não conta mentiras e é óbvio que não está louca. Então, por ora, e a não ser que surja outra prova, precisamos presumir que ela está dizendo a verdade.

Susana o olhou profundamente e, pela expressão em seu rosto, estava bem certa de que o Professor não caçoava deles.

— Mas como isso pode ser verdade, senhor? — disse Pedro.

— Por que diz isso? — perguntou o Professor.

— Bem, por um lado — disse Pedro —, se for real, por que todos não encontram esse país todas as vezes que vão ao guarda-roupa? Quero dizer, não havia nada lá quando olhamos, até Lúcia não fingiu que havia.

— O que isso tem a ver? — disse o Professor.

— Bem, senhor, se uma coisa é real, ela está aí o tempo todo.

— Está? — disse o Professor, e Pedro não soube bem o que dizer.

— Mas não houve tempo — disse Susana. — Lúcia não teve tempo de ir a qualquer lugar, mesmo que houvesse um lugar assim. Ela veio correndo atrás de nós no mesmo instante que saímos do quarto. Foi menos de um minuto, e ela fingiu que esteve longe durante horas.

— É exatamente isso que torna a história dela tão provavelmente verdadeira — disse o Professor. — Se realmente existe uma porta nesta casa que conduz a outro mundo (e devo avisá-los de que esta é uma casa muito estranha, e eu próprio sei muito pouco sobre ela); se, dizia eu, ela entrou em outro mundo, eu não ficaria nem um pouco surpreso em saber que o outro mundo tem seu próprio tempo separado, de modo que, não importa o quanto se fique lá, isso nunca ocuparia nada do *nosso* tempo. Por outro lado, não acho que muitas meninas dessa idade inventariam essa ideia sozinhas. Se ela estivesse fazendo de conta, teria se escondido por um tempo razoável antes de sair e contar sua história.

— Mas você realmente quer dizer, senhor — disse Pedro — que poderia haver outros mundos, por toda parte, bem ali, virando a esquina, desse jeito?

— Nada é mais provável — disse o Professor, tirando os óculos e começando a poli-los enquanto murmurava para si mesmo: "Pergunto-me *o que* ensinam a eles nessas escolas".

— Mas o que vamos fazer? — perguntou Susana. Ela sentia que a conversa estava começando a fugir do tema.

— Minha cara senhorita — disse o Professor, erguendo os olhos de repente para fitar os dois com uma expressão muito penetrante — existe só um plano que ninguém ainda sugeriu, e que vale muito a pena tentar.

— Qual? — disse Susana.

— Podíamos todos tentar cuidar da nossa vida — disse ele. E foi esse o fim daquela conversa.

Depois disso, as coisas melhoraram bastante para Lúcia. Pedro tratou de garantir que Edmundo parasse de zombar dela, e nem ela, nem ninguém sentiu vontade de falar mais sobre o guarda-roupa. Ele se transformara em um assunto a ser evitado. E assim, durante certo tempo, parecia que todas as aventuras tinham chegado ao fim, mas não era para ser assim.

A casa do Professor — da qual ele mesmo tão pouco sabia — era tão antiga e famosa que gente de toda a

Inglaterra costumava ir até lá e pedir permissão para explorá-la. Era o tipo de casa mencionada em guias de viagem e até em histórias, e com razão, pois se contavam sobre ela todas as espécies de relatos, alguns até mais estranhos do que o que estou lhes contando agora. E, quando chegavam grupos de turistas pedindo para ver a casa, o Professor sempre lhes dava permissão, e a Sra. Macready, a governanta, os guiava na visita, contando-lhes sobre os quadros, a armadura e os livros raros na biblioteca. A Sra. Macready não gostava de crianças, e não gostava de ser interrompida quando contava aos visitantes todas as coisas que sabia. Dissera a Pedro e Susana, quase na primeira manhã (junto com um montão de outras instruções): — E, por favor, lembrem-se de ficar longe quando eu estiver conduzindo um grupo pela casa.

— Como se algum de nós *quisesse* desperdiçar meia manhã circulando com uma multidão de adultos estranhos! — disse Edmundo, e os outros três pensaram o mesmo. Foi assim que as aventuras começaram pela terceira vez.

Algumas manhãs mais tarde, Pedro e Edmundo estavam olhando a armadura e se perguntando se poderiam desmontá-la quando as duas meninas entraram correndo no recinto e disseram:

— Alerta! Lá vem a Macready e todo um bando com ela.

— Fiquem espertos — disse Pedro, e todos os quatro escaparam pela porta do outro lado da sala.

Mas, quando haviam saído para a sala verde e depois para a biblioteca, subitamente ouviram vozes à frente e se deram conta de que a Sra. Macready devia estar trazendo seu grupo de turistas pela escada dos fundos em vez da escada da frente, como esperavam. E depois disso — ou perderam a cabeça, ou a Sra. Macready estava tentando apanhá-los, ou alguma magia na casa despertara à vida e os empurrava para Nárnia — parecia que estavam sendo seguidos em todos os lugares, até finalmente Susana dizer:

— Ah, malditos turistas! Aqui, vamos entrar no quarto do guarda-roupa até eles passarem. Ninguém vai nos seguir lá dentro.

Mas, assim que entraram, ouviram as vozes no corredor — e depois alguém tateando a porta, e então viram a maçaneta girando.

— Depressa! — disse Pedro. — Não tem outro lugar — e abriu o guarda-roupa de supetão. Todos os quatro se jogaram lá dentro e ali ficaram sentados, ofegantes, no escuro. Pedro manteve a porta encostada, mas não a travou, pois é claro que se lembrou, como toda pessoa sensata, de que nunca, nunca se deve ficar trancado em um guarda-roupa.

6. Dentro do BOSQUE

— Queria que a Macready se apressasse e levasse embora toda essa gente — disse Susana depois de algum tempo. — Estou ficando horrivelmente espremida.

— E que cheiro nojento de cânfora! — reclamou Edmundo.

— Imagino que os bolsos desses casacos estão cheios disso — disse Susana — para afastar as traças.

— Tem alguma coisa espetando minhas costas — disse Pedro.

— E não está frio? — perguntou Susana.

— Agora que você falou nisso, está frio — disse Pedro — e que droga, está molhado também. Qual o problema deste lugar? Estou sentado em alguma coisa molhada. Está ficando mais molhada a cada minuto. — Pôs-se de pé com esforço.

— Vamos sair — disse Edmundo. — Eles foram embora.

— O-o-oh! — disse Susana de repente, e todos lhe perguntaram qual era o problema.

— Estou sentada apoiada em uma árvore — disse Susana — e olhem! Está ficando claro, logo ali.

— Meu Deus, você tem razão — disse Pedro — e olhem ali, e ali. Tem árvores em toda a volta. E essa coisa molhada é neve. Ora, acredito que entramos no bosque da Lúcia, afinal.

E agora não havia como se enganar, e todas as quatro crianças estavam de pé, piscando à luz de um dia de inverno. Atrás deles, havia casacos pendurados em ganchos; diante deles, havia árvores cobertas de neve.

Pedro virou-se de pronto para Lúcia.

— Peço desculpas por não acreditar em você — disse ele. — Lamento. Podemos fazer as pazes?

— É claro — respondeu Lúcia, e apertou as mãos estendidas de Pedro.

— E, agora — disse Susana —, o que fazemos em seguida?

— Fazer? — disse Pedro. — Ora, vamos explorar o bosque, claro.

— Ugh! — resmungou Susana, batendo os pés. — Está bem frio. Que tal vestirmos uns desses casacos?

— Não são nossos — disse Pedro, incerto.

— Estou certa de que ninguém vai se importar — disse Susana. — Não é como se quiséssemos tirá-los da casa, nem teremos tirado do guarda-roupa.

— Nunca pensei nisso, Su — disse Pedro. — É claro, agora que você disse assim, eu compreendo. Ninguém pode dizer que você afanou um casaco enquanto o deixar no guarda-roupa em que achou. E imagino que todo este país esteja dentro do guarda-roupa.

Executaram imediatamente o plano muito sensato de Susana. Os casacos eram um tanto grandes para eles, de modo que lhes chegavam até os calcanhares e mais se pareciam com vestes reais do que com casacos quando os vestiram. Mas todos se sentiram bem mais aquecidos, e cada um pensou que os demais pareciam melhores em seus trajes novos e mais adequados à paisagem.

— Podemos fazer de conta que somos exploradores do Ártico — disse Lúcia.

— Vai ser bastante emocionante sem faz de conta — disse Pedro, que começava a liderar o caminho, para dentro do bosque. Havia nuvens pesadas e escuras acima deles, e parecia que mais neve iria cair antes da noite.

— Vejam — começou Edmundo algum tempo depois — não devíamos ir um pouco mais para a esquerda, quero dizer, se estamos seguindo na direção do poste de luz? — Por um momento, ele se esquecera de fingir nunca ter estado no bosque antes. No momento em que as palavras saíram de sua boca, percebeu que se tinha traído. Todos pararam, todos o encararam. Pedro assobiou.

— Então, você realmente esteve aqui — disse ele — daquela vez em que a Lu disse que o encontrou aqui dentro, e você nos fez crer que ela estava mentindo.

Fez-se um silêncio profundo.

— Bem, de todos os bichinhos venenosos... — disse Pedro, e deu de ombros e nada mais disse. Na verdade, parecia que nada mais restava a dizer, e logo os quatro retomaram a jornada, mas Edmundo dizia a si mesmo: "Vocês vão pagar por isso, seu bando de arrogantes presunçosos e metidos a besta".

— *Aonde* estamos indo afinal? — perguntou Susana, mais com a intenção de mudar de assunto.

— Acho que a Lu deveria ser a líder — disse Pedro — ela com certeza merece. Aonde vai nos levar, Lu?

— Que tal irmos visitar o Sr. Tumnus? — propôs Lúcia. — Ele é o fauno simpático de quem falei.

Todos concordaram e partiram, andando vigorosamente e batendo os pés. Lúcia demonstrou ser uma boa líder. Primeiro se perguntou se conseguiria achar o caminho, mas reconheceu uma árvore de aspecto esquisito em um lugar e um toco em outro, e os levou até onde o chão se tornava irregular, entrando no pequeno vale e finalmente à própria porta da caverna do Sr. Tumnus. Mas ali uma terrível surpresa os aguardava.

A porta fora arrancada das dobradiças e feita em pedaços. Lá dentro, a caverna estava escura e fria, e tinha o jeito e o cheiro úmido de um lugar em que ninguém estivera por vários dias. A neve flutuara para dentro, vinda da porta, e estava amontoada no chão, misturada com uma substância negra, que revelou serem os gravetos carbonizados e as cinzas da lareira. Aparentemente, alguém as jogara pelo recinto e depois as apagara, pisoteando-as. A louça jazia no chão, despedaçada, e o quadro do pai do fauno fora feito em tiras com uma faca.

— Que perda de tempo! — disse Edmundo. — Não deu em nada vir aqui.

— O que é isso? — disse Pedro, agachando-se. Acabara de notar um pedaço de papel que fora pregado no chão por cima do tapete.

— Tem alguma coisa escrita? — perguntou Susana.

— Sim, acho que tem — respondeu Pedro — mas não consigo ler com essa luz. Vamos sair para o ar livre.

Saíram todos à luz do dia e se agruparam em volta de Pedro, que leu as seguintes palavras:

O antigo ocupante desta residência, o fauno Tumnus, está preso, esperando julgamento, pela acusação de alta traição contra Sua Majestade Imperial Jadis, Rainha de Nárnia, Castelã de Cair Paravel, Imperatriz das Ilhas Solitárias etc., também de apoiar os inimigos da dita majestade, abrigar espiões e confraternizar com humanos.

assinado MAUGRIM, Capitão da Polícia Secreta,
LONGA VIDA À RAINHA!

As crianças se entreolharam.

— Acho que não vou gostar deste lugar, afinal de contas — disse Susana.

— Quem é essa rainha, Lu? — disse Pedro. — Você sabe alguma coisa sobre ela?

— Nem é uma rainha de verdade — respondeu Lúcia. — É uma feiticeira horrível, a Feiticeira Branca. Todos, toda a gente do bosque, a odeiam. Ela lançou um encanto sobre todo o país, de modo que aqui é sempre inverno e nunca Natal.

— Eu... eu me pergunto se vale a pena ir em frente — disse Susana. — Quero dizer, aqui não parece especialmente seguro, e parece que também não vai ser muito divertido. E está ficando mais frio a cada minuto, e não trouxemos nada para comer. Que tal simplesmente irmos para casa?

— Ah, mas não podemos, não podemos — disse Lúcia de repente. — Não percebem? Não podemos simplesmente ir para casa, não depois disso. Foi tudo por causa de mim que o coitado do fauno se meteu em apuro. Ele me escondeu da Feiticeira e me mostrou o caminho de volta. É isso que quer dizer apoiar os inimigos da Rainha e confraternizar com humanos. Temos que tentar resgatá-lo.

— Muita coisa que *nós* podemos fazer — disse Edmundo — quando nem temos o que comer!

— Cale a boca! — disse Pedro, que anda estava muito zangado com Edmundo. — O que você acha, Susana?

— Tenho a horrível sensação de que a Lu tem razão — disse Susana. — Não quero dar mais um passo, e queria que nunca tivéssemos vindo. Mas acho que precisamos tentar fazer alguma coisa pelo Sr. Seja-qual-for-o-nome, quero dizer, o fauno.

— É o que sinto também — disse Pedro. — Estou preocupado por não termos comida. Eu votaria por voltar e trazer alguma coisa da despensa, só que não parece haver nenhuma garantia de que entraremos de novo neste país depois que sairmos dele. Acho que vamos ter que seguir em frente.

— Também acho — disseram ambas as meninas.

— Se soubéssemos onde o coitado foi aprisionado! — disse Pedro.

Todos ainda se perguntavam o que fariam em seguida, quando Lúcia disse:

— Olhem! Ali está um tordo de peito bem vermelho. É o primeiro pássaro que vejo aqui. Veja só! Eu me pergunto se os pássaros sabem falar em Nárnia. Quase parece que ele quer nos dizer alguma coisa. — Virou-se, então, para o tordo e disse: — Por favor, pode nos dizer para onde foi levado Tumnus, o fauno? — Ao dizer isso, deu um passo na direção do pássaro. Este voou imediatamente, mas só até a árvore mais próxima. Ali empoleirou-se e os encarou fixamente, como se compreendesse tudo que disseram. Quase sem notarem, as quatro crianças se aproximaram dele um ou dois passos. Diante disso, o tordo outra vez saiu voando para a árvore mais próxima e mais uma vez os encarou fixamente. (Seria difícil encontrar um tordo de peito mais vermelho ou olho mais brilhante.)

— Sabe — disse Lúcia — eu realmente acho que ele quer que nós o sigamos.

— Imagino que sim — disse Susana. — O que acha, Pedro?

— Bem, podemos muito bem tentar — respondeu Pedro.

O tordo parecia entender tudo. Ficou indo de árvore em árvore, sempre alguns metros à frente deles, mas sempre tão perto que conseguiam segui-lo com facilidade. Desse modo, conduziu-os adiante, um pouco morro abaixo. Em todo lugar que o tordo pousava, caía do galho um pequeno borrifo de neve. Logo as nuvens se abriram no firmamento, o sol de inverno saiu e a neve em volta deles adquiriu um brilho ofuscante. Tinham viajado desta maneira por cerca de meia hora, com as duas meninas na frente, quando Edmundo disse a Pedro:

— Se eu ainda não for bom o bastante para você falar comigo, tem uma coisa que preciso dizer e que é melhor você ouvir.

— O que é? — perguntou Pedro.

— Shhh! Não tão alto — disse Edmundo — não é bom assustar as meninas. Mas você se deu conta do que estamos fazendo?

— O quê? — disse Pedro, baixando a voz a um sussurro.

— Estamos seguindo um guia sobre o qual não sabemos nada. Como sabemos de que lado este pássaro está? Por que ele não nos estaria conduzindo para uma armadilha?

— Que ideia desagradável! Ainda assim, um tordo, sabe. São pássaros bons em todas as histórias que já li. Tenho certeza de que um tordo não estaria do lado errado.

— Já que falamos nisso, qual *é* o lado certo? Como sabemos que os faunos estão certos e a Rainha (sim, eu sei que nos *disseram* que ela é uma feiticeira) está errada? Na verdade, não sabemos nada sobre nenhum deles.

— O fauno salvou Lúcia.

— Ele *disse* que salvou. Mas como podemos saber? E tem mais uma coisa. Alguém tem a mínima ideia de como vamos para casa daqui?

— Puxa vida! — exclamou Pedro. — Eu não tinha pensado nisso.

— E sem chance de jantar também — disse Edmundo.

7. Um **dia** com os CASTORES

Enquanto os dois meninos cochichavam lá atrás, as duas meninas repentinamente exclamaram "Oh!" e pararam.

— O tordo! — exclamou Lúcia. — O tordo. Ele voou para longe. — E de fato tinha, para fora da visão deles.

— E agora, o que vamos fazer? — perguntou Edmundo, lançando a Pedro um olhar que equivalia a dizer "O que foi que lhe falei?".

— Shhh! Olhem! — disse Susana.

— O quê? — disse Pedro.

— Tem alguma coisa se mexendo entre as árvores, ali à esquerda.

Todos olharam o mais fixamente que podiam, e ninguém se sentiu muito confortável.

— Lá está de novo — disse Susana em seguida.

— Dessa vez eu também vi — disse Pedro. — Ainda está lá. Só foi para trás daquela árvore grande.

— O que é? — perguntou Lúcia, tentando muito não soar nervosa.

— Seja lá o que for — disse Pedro — está se esquivando de nós. É algo que não quer ser visto.

— Vamos para casa — disse Susana.

E então, apesar de ninguém dizer em voz alta, todos subitamente se deram conta do mesmo fato que Edmundo cochichara para Pedro no fim do último capítulo. Estavam perdidos.

— Com que se parece? — disse Lúcia.

— É... é um tipo de animal — disse Susana, e depois: — Olhem! Olhem! Depressa! Está ali.

Dessa vez todos a viram, uma cara peluda e bigoduda que os estivera espiando de trás de uma árvore. Mas, agora, ela não se encolheu de imediato. Em vez disso, o animal pôs a pata diante da boca do mesmo jeito que os humanos põem o dedo nos lábios quando nos fazem sinal para ficarmos quietos. Depois desapareceu outra vez. Todas as crianças estavam paradas, segurando a respiração.

Um momento mais tarde, o estranho saiu de trás da árvore, olhou em toda a volta, como se tivesse medo de alguém estar vigiando, e disse: "Rápido", fez sinais para que se juntassem a ele na parte mais espessa do bosque em que se encontrava, e então sumiu de novo.

— Eu sei o que é — disse Pedro. — É um castor. Eu vi o rabo.

— Ele quer que vamos até ele — disse Susana — e está nos alertando para não fazermos barulho.

— Eu sei — disse Pedro. — A questão é se devemos ir até lá ou não. O que acha, Lu?

— Acho que é um castor simpático — disse Lúcia.

— Sim, mas como vamos *saber*? — disse Edmundo.

— Não devemos arriscar? — disse Susana. — Quero dizer, não adianta só ficarmos aqui parados, e acho que preciso jantar.

Nesse momento, o castor outra vez tirou a cabeça de trás da árvore e acenou para eles com cuidado.

— Vamos lá — disse Pedro — vamos dar uma chance. Fiquem todos bem juntos. Devemos ser capazes de lidar com um castor, se descobrirmos que ele é um inimigo.

Assim, todas as crianças se juntaram e caminharam até a árvore, e para trás dela, e é claro que ali encontraram o castor; mas o animal ainda recuava, dizendo-lhes em um sussurro rouco e gutural:

— Mais para dentro, venham mais para dentro. Bem aqui dentro. Não estamos seguros em lugar aberto!

Só depois de os conduzir a um ponto escuro, onde quatro árvores cresciam tão próximas que seus ramos se encontravam e se podiam ver no solo a terra marrom e as folhas de pinheiro, porque ali nenhuma neve caíra, é que ele começou a conversar com eles.

— Vocês são os Filhos de Adão e as Filhas de Eva? — disse ele.

— Somos alguns deles — disse Pedro.

— Shh-h-h-h! — disse o Castor. — Não tão alto, por favor. Não estamos a salvo nem mesmo aqui.

— Por quê? De quem você tem medo? — disse Pedro. — Não tem ninguém aqui além de nós.

— Tem as árvores — disse o castor. — Elas estão sempre escutando. A maioria delas está do nosso lado, mas *existem* árvores que nos delatariam a *ela*; vocês sabem quem eu quero dizer — e balançou a cabeça diversas vezes.

— Já que estamos falando de lados — disse Edmundo — como é que sabemos que você é amigo?

— Sem querer ser grosseiro, Sr. Castor — acrescentou Pedro — mas sabe, nós somos estrangeiros.

— Muito certo, muito certo — disse o castor. — Aqui está meu sinal. — Com estas palavras, ele ergueu diante deles um pequeno objeto branco. Todos olharam para ele, surpresos, até de repente Lúcia dizer:

— Ah, claro. É meu lenço, o que eu dei ao pobre Sr. Tumnus.

— Isso mesmo — disse o castor. — Coitado dele, ele ficou sabendo da prisão antes de acontecer e me entregou isto. Ele disse que, se algo acontecesse a ele, eu devia encontrá-los aqui e levá-los até... — então, a voz do Castor se transformou em silêncio, e ele balançou a cabeça muito misteriosamente uma ou duas vezes. Depois, fazendo sinal para que as crianças se postassem tão perto quanto possível em volta dele, de modo que os rostos delas chegaram a sentir cócegas dos seus bigodes, ele acrescentou em um sussurro baixo:

— Dizem que Aslan está a caminho. Talvez já tenha desembarcado.

E então aconteceu uma coisa muito curiosa. Nenhuma das crianças sabia quem era Aslan, tanto quanto você, mas, no momento em que o castor disse essas palavras, todos se sentiram bem diferentes. Talvez alguma vez tenha lhe acontecido de, em um sonho, alguém dizer algo que você não compreende, mas, nele, dá a sensação de haver um significado enorme — seja aterrorizante, que torna todo o sonho em um pesadelo, seja encantador, encantador demais para se exprimir em palavras, que torna o sonho tão lindo que você o recorda por toda a vida e sempre deseja entrar nele outra vez. Daquela vez foi assim. Diante do nome de Aslan, cada criança sentiu algo saltar dentro de si. Edmundo teve uma sensação de horror misterioso. Pedro sentiu-se repentinamente corajoso e aventureiro. Susana sentiu como se um aroma delicioso ou se uma frase musical agradável tivesse acabado de flutuar à sua frente. E Lúcia teve a sensação que temos quando despertamos de manhã e nos damos conta de que é o começo das férias ou o começo do verão.

— E quanto ao Sr. Tumnus — disse Lúcia — onde está ele?

— Shh-h-h-h — disse o castor — não aqui. Preciso levá-los onde possamos ter uma conversa de verdade, e jantar também.

Ninguém, exceto Edmundo, sentiu qualquer dificuldade em confiar no castor, e todos, inclusive Edmundo, ficaram muito contentes de ouvir a palavra "jantar". Portanto, apressaram-se atrás do novo amigo, que os liderou a um passo surpreendentemente veloz, e sempre nas partes mais espessas do bosque, por mais de uma hora. Todos estavam se sentindo muito cansados e muito esfomeados, quando, de repente, as árvores começaram a rarear diante deles e o chão desceu em um íngreme declive. Um minuto depois, saíam sob o céu aberto (o sol brilhava ainda) e se acharam contemplando uma bela vista.

Estavam parados na beira de um vale escarpado e estreito, em cujo fundo corria — pelo menos estaria correndo, se não estivesse congelado — um rio bastante grande. Logo abaixo deles, fora construída uma barragem atravessando o rio, e quando a viram todos repentinamente se lembraram de que, é claro, os castores estão sempre fazendo barragens, e tiveram a certeza de que o Sr. Castor fizera aquela. Também notaram que agora ele tinha no rosto uma espécie de expressão de modéstia — o tipo de aspecto que as pessoas têm quando se visita um jardim que fizeram ou quando se lê uma história que escreveram. Assim, foi por gentileza comum que Susana disse:

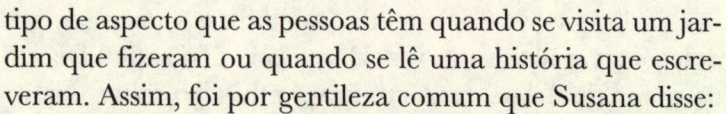

— Que linda barragem!

E dessa vez o Sr. Castor não disse "Shhh", e sim: — Só uma miudeza! Só uma miudeza! E nem está acabada de verdade!".

Acima da barragem havia algo que teria sido uma lagoa profunda, mas que agora, claro, era um piso plano de gelo verde-escuro. E, abaixo da barragem, muito mais abaixo, havia mais gelo, porém, em vez de liso, este estava todo congelado nas formas espumantes e ondulantes em que a água fluía quando o congelamento chegou. E ali, onde a água estivera gotejando sobre a barragem e esguichando através dela, havia agora uma parede reluzente de pingentes de gelo, como se a borda da barragem tivesse sido toda recoberta de flores, grinaldas e festões do mais puro açúcar. E bem no meio, e parcialmente no topo da barragem, havia uma casinha engraçada, quase em forma de uma enorme colmeia, e por um buraco no teto subia fumaça, de forma que, vendo-a (especialmente estando com fome), pensava-se prontamente em cozinha, e a fome apertava mais do que antes.

Foi isso que os outros notaram principalmente, mas Edmundo notou algo mais. Um pouco mais distante, rio abaixo, havia outro riozinho que descia de outro pequeno vale para se juntar àquele. E, espiando por esse vale acima, Edmundo pôde ver dois morrinhos e teve quase certeza de que eram os dois morros que a Feiticeira Branca lhe apontara quando se despedira dela junto ao poste de luz, no outro dia. Então, pensou, entre eles deve ficar o palácio dela, só a uns dois quilômetros de distância ou menos. E pensou em manjar turco e em ser rei ("E me pergunto se Pedro vai gostar disso", disse para si mesmo) e ideias horríveis lhe vieram à cabeça.

— Aqui estamos — disse o Sr. Castor — e parece que a Sra. Castor está nos esperando. Irei na frente. Mas tomem cuidado e não escorreguem.

O topo da barragem era largo o bastante para se caminhar, embora não fosse (para humanos) um lugar muito confortável para andar, pois estava coberto de gelo, e apesar de a lagoa congelada de um lado estar no mesmo nível, havia, do outro lado, uma queda desagradável até o rio. Foi ao longo dessa rota que o Sr. Castor os levou, em fila indiana, bem até o meio, onde podiam olhar ao longe, rio acima e rio abaixo. E, quando alcançaram o meio, estavam à porta da casa.

— Aqui estamos, Sra. Castor — disse o Sr. Castor. — Eu os encontrei. Eis aqui os filhos e filhas de Adão e Eva — e entraram todos.

A primeira coisa que Lúcia percebeu ao entrar foi um som vibrante, e a primeira coisa que viu foi uma velha castora, de aspecto bondoso, sentada no canto com uma linha na boca, trabalhando laboriosamente na máquina de costura, e era dali que vinha o som. Ela parou o trabalho e se levantou assim que as crianças entraram.

— Então finalmente vocês vieram! — disse ela, estendendo as duas patas velhas e enrugadas. — Finalmente! E pensar que eu haveria de viver para ver este dia! As batatas estão fervendo e a chaleira está cantando, e ouso dizer, Sr. Castor, que você vai conseguir peixes para nós.

— Vou, sim — disse o Sr. Castor, e saiu da casa (Pedro foi com ele), e atravessaram o gelo até a funda lagoa, onde ele fizera um buraquinho no gelo, que mantinha aberto todos os dias com uma machadinha. Levaram um balde. O Sr. Castor sentou-se em silêncio à beira do buraco (não parecia se importar com o fato de estar tão gelado), olhou para dentro fixamente, daí esticou a pata instantaneamente e, num piscar de olhos, jogou para fora uma linda truta. Depois repetiu tudo de novo, até terem uma bela partida de peixes.

Enquanto isso, as meninas ajudavam a Sra. Castor a encher a chaleira, pôr a mesa, cortar o pão, colocar os pratos no forno para aquecê-los e servir um enorme caneco de cerveja para o Sr. Castor, de um barril que estava em um canto da casa, pôr a frigideira no fogo e aquecer a gordura. Lúcia pensou que os castores tinham uma casinha bem aconchegante, embora não fosse nem um pouco como a caverna do Sr. Tumnus. Não havia livros nem quadros e, em vez de camas, havia beliches, como a bordo de um navio, embutidos na parede. E havia presuntos e fieiras de cebolas suspensos do teto, e, encostados às paredes, havia botas de borracha, impermeáveis, machadinhas, tesouras, pás, colheres de pedreiro, objetos para carregar argamassa, varas de pescar, redes de pescar e sacos. E a toalha da mesa, apesar de muito limpa, era muito grosseira.

Logo que a frigideira deu um belo chiado, Pedro e o Sr. Castor entraram com os peixes que o Sr. Castor já abrira com a faca e limpara ao ar livre. Pode-se imaginar como cheiravam bem os peixes recém-apanhados enquanto eram fritos, e como as crianças famintas esperavam que estivessem bem-passados, e o quanto tinham ficado com muito mais fome até o Sr. Castor dizer: "Agora estamos quase prontos". Susana escorreu as batatas e depois devolveu-as todas na panela vazia para secarem junto ao fogão enquanto Lúcia ajudava a Sra. Castor a colocar a truta no prato, de modo que, em bem poucos minutos, todos estavam puxando suas banquetas (havia somente banquetas de três pés na casa dos castores, exceto pela cadeira de balanço especial da Sra. Castor junto à lareira) e se preparando para uma boa refeição. Havia um jarro de leite cremoso para as crianças (o Sr. Castor ficou com a cerveja) e um enorme bloco de manteiga, de amarelo intenso, no meio da mesa, do qual cada um tirava quanto quisesse para acompanhar as batatas, e todas as crianças pensaram — e concordo com elas — que nada ganha de um bom peixe de água doce, se for comido quando estava vivo faz meia hora e saiu da frigideira faz meio minuto. E quando terminaram os peixes, a Sra. Castor inesperadamente tirou do forno um grande rocambole de geleia, gloriosamente pegajoso, fumegando de tão quente e, ao mesmo tempo, colocou a chaleira no fogo de modo que, ao acabarem com o rocambole de geleia, o chá estava feito e pronto para ser servido. E, quando cada um estava com sua xícara de chá, cada um empurrou para trás sua banqueta, para se encostar à parede, e deu um longo suspiro de contentamento.

— E agora — disse o Sr. Castor, afastando o caneco de cerveja vazio e puxando para si a xícara de chá — se esperarem só que eu acenda meu cachimbo e dê uma tragada; bem, agora podemos nos dedicar ao que interessa. Está nevando outra vez — acrescentou, olhando de lado para a janela. — Melhor assim, porque isso significa que não vamos ter visitas; e, se alguém tentou seguir vocês, bem, não vai encontrar nenhuma pegada.

8. O que **aconteceu** depois do JANTAR

— E agora — disse Lúcia — por favor, nos conte o que aconteceu com o Sr. Tumnus.

— Ah, isso é ruim — disse o Sr. Castor, balançando a cabeça. — É um assunto muito, muito ruim. Não há dúvida de que ele foi levado pela polícia. Ouvi isso de um pássaro que viu quando aconteceu.

— Mas para onde ele foi levado? — perguntou Lúcia.

— Bem, estavam rumando para o norte da última vez que foram vistos, e todos sabemos o que isso significa.

— Não, *nós* não sabemos — disse Susana. O Sr. Castor balançou a cabeça de modo muito sombrio.

— Temo que signifique que o estavam levando à casa dela — disse ele.

— Mas o que vão fazer com ele, Sr. Castor? — perguntou Lúcia, num sobressalto.

— Bem — disse o Sr. Castor — não se pode dizer com certeza. Mas não há muitos que foram levados lá para dentro e que saíram outra vez. Estátuas. Dizem que tudo lá é repleto de estátuas, no pátio, na escadaria e no salão. Gente que ela transformou... — fez uma pausa e estremeceu — transformou em pedra.

— Mas, Sr. Castor — disse Lúcia —, não podemos, quero dizer, *precisamos* fazer alguma coisa para salvá-lo. É pavoroso demais, e é tudo por culpa minha.

— Não duvido que você o salvaria se pudesse, queridinha — disse a Sra. Castor — mas não tem chance de entrar naquela casa contra a vontade dela e sair viva outra vez.

— Não podemos ter algum estratagema? — perguntou Pedro. — Quer dizer, não podemos nos disfarçar de alguma coisa, ou fingir sermos... ah, vendedores ambulantes ou coisa assim, ou vigiar até ela sair, ou... ah, puxa vida, deve haver *algum* jeito. Esse fauno se arriscou para salvar minha irmã, Sr. Castor. Não podemos simplesmente deixá-lo para ser... para ser... para fazerem isso com ele.

— Não adianta, Filho de Adão — disse o Sr. Castor. — Não adianta *vocês* tentarem, logo vocês. Mas agora que Aslan está a caminho...

— Ah, sim! Conte-nos sobre Aslan! — disseram várias vozes ao mesmo tempo, pois novamente aquela sensação estranha, como os primeiros sinais da primavera, como boas notícias, os dominara.

— Quem é Aslan? — perguntou Susana.

—Aslan? — disse o Sr. Castor. — Ora, vocês não sabem? Ele é o Rei. Ele é o Senhor de todo o bosque, mas frequentemente não está aqui, entendem? Nunca no meu tempo ou no tempo de meu pai. Mas ouvimos dizer que ele voltou. Está em Nárnia neste momento. Ele vai dar um jeito na Feiticeira Branca. É ele, não vocês, quem vai salvar o Sr. Tumnus.

— Ela não vai transformá-lo em pedra também? — disse Edmundo.

— Pelo amor de Deus, Filho de Adão, que coisa tola de se dizer! — respondeu o Sr. Castor com uma grande risada. — Transformar *ele* em pedra? Se ela conseguir se manter sobre os dois pés e olhar no rosto dele, será o máximo que ela poderá fazer, e mais do que espero dela. Não, não. Ele vai ajeitar tudo, como diz um antigo poema destas bandas:

> *O errado será acertado quando Aslan estiver por perto,*
> *Ao som do seu rugido, os pesares terão ido.*
> *Quando mostrar a presa, o inverno se extinguirá,*
> *E quando agitar a juba, a primavera voltará.*

Vocês entenderão quando o virem.

— Mas vamos vê-lo? — perguntou Susana.

— Ora, Filha de Eva, foi para isso que eu os trouxe aqui. Devo levá-los para onde se encontrarão com ele — disse o Sr. Castor.

— Ele... ele é um homem? — perguntou Lúcia.

— Aslan, um homem! — disse o Sr. Castor com severidade. — Certamente não. Eu lhes digo que ele é Rei do Bosque e filho do grande Imperador-além-do-Mar. Não sabem quem é o rei dos animais? Aslan é um leão, *o* Leão, o Grande Leão.

— Ooh! — exclamou Susana. — Pensei que fosse um homem. Ele é... bem seguro? Vou ficar muito apreensiva de encontrar um leão.

— Vai mesmo, queridinha, sem dúvida — disse a Sra. Castor. — Se houver alguém que possa se apresentar a Aslan sem bater os joelhos, ou é mais corajoso que a maioria, ou então é só tolo.

— Então ele não é seguro? — disse Lúcia.

— Seguro? — disse o Sr. Castor. — Você não ouviu o que a Sra. Castor contou? Quem falou qualquer coisa sobre seguro? Claro que não é seguro. Mas ele é bom. Ele é o Rei, estou dizendo.

— Estou ansioso para vê-lo — disse Pedro — mesmo que vá sentir medo quando chegar a hora.

— Está certo, Filho de Adão — disse o Sr. Castor, batendo com a pata na mesa com um impacto que fez chacoalhar todas as xícaras e pires. — E vai. Foi dada a mensagem de que vocês *vão* se encontrar com ele amanhã, se puderem, na Mesa de Pedra.

— Onde é isso? — disse Lúcia.

— Vou lhes mostrar — disse o Sr. Castor. É rio abaixo, a uma boa distância daqui. Vou levá-los até lá!

— Mas, enquanto isso, e o coitado do Sr. Tumnus? — disse Lúcia.

— O modo mais rápido de ajudá-lo é ir ao encontro de Aslan — disse o Sr. Castor. — Uma vez que ele esteja conosco, então poderemos começar a fazer as coisas. Não que não precisemos de vocês também. Pois esse é outro dos antigos poemas:

Quando a carne de Adão e o osso de Adão
Se assentar no trono de Cair Paravel, então
Termina o tempo mau, começa o tempo bom.

Portanto, as coisas devem estar se aproximando do fim agora que ele e vocês chegaram. Já ouvimos falar sobre Aslan vindo para estas bandas, muito tempo atrás, ninguém sabe dizer quando. Mas antes nunca esteve aqui ninguém da raça de vocês.

— É isso que não entendo, Sr. Castor — disse Pedro. — Quero dizer, a própria Feiticeira não é humana?

— Ela gostaria que acreditássemos nisso — disse o Sr. Castor — e é nisso que ela baseia sua reivindicação para ser rainha. Mas ela não é Filha de Eva. Ela vem da primeira esposa de seu pai Adão — e o Sr. Castor fez uma reverência — de seu pai Adão, a que chamavam de Lilith. E foi uma dentre os jinn. De um lado, é daí que ela descende. Do outro lado, ela vem dos gigantes.

Não, não, não há uma só gota de sangue humano verdadeiro na Feiticeira.

— É por isso que ela é má por inteiro, Sr. Castor — disse a Sra. Castor.

— Grande verdade, Sra. Castor — retrucou ele. — Pode haver duas opiniões sobre os humanos (sem querer ofender a companhia presente), mas não há duas opiniões sobre coisas que parecem humanas e não são.

— Conheci bons anões — disse a Sra. Castor.

— Eu também, por falar nisso — disse seu marido —, mas bem poucos, e eram os menos parecidos com os homens. Mas, em geral, ouçam meu conselho: quando encontrar algo que vai ser humano e ainda não é, ou costumava ser humano e não é mais, ou devia ser humano e não é, fixe os olhos nele e tenha a machadinha à mão. E é por isso que a Feiticeira sempre está à espreita por humanos em Nárnia. Esteve observando vocês por alguns anos e, se ela soubesse que vocês são quatro, seria ainda mais perigosa.

— O que isso tem a ver? — perguntou Pedro.

— Por causa de outra profecia — disse o Sr. Castor. — Lá em Cair Paravel, é o castelo na costa do mar, lá embaixo na foz deste rio, que deveria ser a capital de todo o país se fosse tudo como deveria ser; lá em Cair Paravel, há quatro tronos, e existe um ditado em Nárnia desde tempos imemoriais de que, quando dois Filhos de Adão e duas Filhas de Eva se sentarem nesses quatro tronos, será então não só o fim do reinado da Feiticeira Branca, mas também da sua vida, e é por isso que tivemos que ser tão cautelosos ao virmos para cá, pois, se ela soubesse de vocês quatro, suas vidas não valeriam um fio dos meus bigodes!

Todas as crianças estavam tão atentas ao que o Sr. Castor lhes contava que nada mais perceberam por um longo tempo. Então, durante o período de silêncio que se seguiu à sua última observação, Lúcia disse de repente:

— Ora, onde está o Edmundo?

Houve uma pausa terrível, e depois todos começaram a perguntar: "Quem foi o último que o viu? Faz quanto tempo que ele sumiu? Ele está lá fora?", e então todos correram até a porta e olharam para fora. A neve caía espessa e constante, o gelo verde da lagoa desaparecera sob um grosso cobertor branco e, do lugar da casinha, no centro da barragem, mal se podia ver as duas margens. Saíram, afundando até bem acima dos tornozelos na neve nova e macia, e circundaram a casa em todas as direções. "Edmundo! Edmundo!", chamaram, até ficarem roucos. Mas a neve, que caía silenciosa, parecia lhes abafar a voz e nem mesmo um eco veio em resposta.

— Que coisa mais terrível! — disse Susana quando, finalmente, voltaram, desesperados. — Ah, como eu queria que nunca tivéssemos vindo!

— O que raios vamos fazer, Sr. Castor? — perguntou Pedro.

— Fazer? — disse o Sr. Castor, que já estava calçando as botas de neve. — Fazer? Precisamos partir imediatamente. Não temos nem um momento a perder!

— É melhor nos dividirmos em quatro grupos de busca — disse Pedro — e irmos todos em direções diferentes. Quem o encontrar precisa voltar aqui de imediato e...

— Grupos de busca, Filho de Adão? — disse o Sr. Castor — Para quê?

— Ora, para procurar o Edmundo, é claro!

— Não adianta procurar por ele — disse o Sr. Castor.

— O que quer dizer? — perguntou Susana. — Ele ainda não pode estar longe. E precisamos achá-lo. O que quer dizer quando falou que não adianta procurar por ele?

— A razão pela qual não adianta procurar — disse o Sr. Castor — é que já sabemos aonde ele foi! — Todos o encararam admirados. — Não compreendem? — questionou o Sr. Castor. — Ele foi ter com *ela*, com a Feiticeira Branca. Ele traiu a todos nós.

— Ah, tá bom... realmente! — disse Susana. — Ele não pode ter feito isso.

— Não pode? — disse o Sr. Castor, encarando fixamente as três crianças, e tudo o que elas queriam dizer morreu em seus lábios, pois cada uma, de repente, no íntimo, teve plena certeza de que fora exatamente aquilo que Edmundo tinha feito.

— Mas ele vai saber o caminho? — disse Pedro.

— Ele esteve neste país antes? — perguntou o Sr. Castor. — Alguma vez esteve aqui sozinho?

— Sim — disse Lúcia, quase sussurrando. — Temo que sim.

— E ele lhe contou o que fez ou quem encontrou?

— Bem, não, não contou — disse Lúcia.

— Então ouçam o que digo — disse o Sr. Castor — ele já encontrou a Feiticeira Branca e se uniu a ela, e foi informado de onde ela mora. Eu não quis mencionar isso antes (já que ele é seu irmão, afinal), mas, no momento que pus os olhos nesse seu irmão, disse para mim mesmo: "Traiçoeiro". Ele tinha o olhar dos que estiveram com a Feiticeira e comeram da comida dela. Sempre se pode reconhecê-los quando se viveu muito tempo em Nárnia; é alguma coisa nos seus olhos.

— Mesmo assim — disse Pedro, com a voz um tanto sufocada —, ainda vamos ter que ir em busca dele. Afinal, é nosso irmão, mesmo que seja um pestinha. E é só uma criança.

— Ir à Casa da Feiticeira? — disse a Sra. Castor. — Não veem que a única chance de salvá-lo, ou de se salvarem, é ficar longe dela?

— Como assim? — disse Lúcia.

— Ora, tudo o que ela quer é pegar vocês quatro (ela pensa o tempo todo naqueles quatro tronos em Cair Paravel). Uma vez que estiverem todos os quatro dentro da casa dela, o trabalho estaria concluído e haveria quatro novas estátuas em sua coleção antes de vocês terem tempo de falar. Mas ela o manterá vivo enquanto for o único que capturou, porque vai querer usá-lo como chamariz, como isca, para pegar o resto de vocês.

— Ah, *ninguém* pode nos ajudar? — choramingou Lúcia.

— Somente Aslan — disse o Sr. Castor. — Temos de seguir em frente e encontrá-lo. Agora essa é nossa única chance.

— Parece-me, queridos — disse a Sra. Castor — que é muito importante saber exatamente *quando* ele fugiu. O tanto que ele pode contar a ela depende do quanto ouviu. Por exemplo, tínhamos começado a falar de Aslan quando se foi? Se não, então poderemos ter muita sorte, pois ela não saberá que Aslan veio a Nárnia ou que vamos nos encontrar com ele, e estará com a guarda bem baixa no que se refere a *isso*.

— Não me lembro de ele estar aqui enquanto falávamos de Aslan... — começou Pedro, mas Lúcia o interrompeu.

— Ah, estava sim — disse ela, infeliz. — Não se lembra? Foi ele quem perguntou se a Feiticeira também não podia transformar Aslan em pedra.

— Então ele estava, meu Deus — disse Pedro — e é o tipo de coisa que ele diria!

— Cada vez pior — disse o Sr. Castor — e a próxima coisa é esta: ele ainda estava aqui quando lhes disse que o lugar para encontrarmos Aslan era a Mesa de Pedra?

E é claro que ninguém sabia a resposta desta pergunta.

— Porque, se ele estava — prosseguiu o Sr. Castor —, então ela simplesmente vai para lá em seu trenó, se colocar entre nós e a Mesa de Pedra, e nos apanhar no meio do caminho. Na verdade, estaremos isolados de Aslan.

— Mas não é isso que ela fará primeiro — disse a Sra. Castor — não se eu a conheço. No momento em que Edmundo lhe contar que estamos todos aqui, ela partirá para nos apanhar nesta mesma noite, e se ele partiu há mais ou menos meia hora, ela estará aqui em mais uns vinte minutos.

— Tem razão, Sra. Castor — disse seu marido. — Precisamos todos fugir daqui. Não temos tempo a perder.

9. Na casa da FEITICEIRA

E agora, é claro que você quer saber o que aconteceu com Edmundo. Ele comeu sua parte do jantar, mas, na verdade, não o apreciou porque estava pensando o tempo todo em manjar turco — e não há nada que estrague tanto o sabor da boa comida comum como a lembrança da comida mágica ruim. E ele ouvira a conversa, e não a apreciara muito, porque ficou pensando que os demais não estavam prestando atenção nele e estavam tentando deixá-lo de lado. Não estavam, mas assim imaginava. E então escutou até o Sr. Castor lhes contar sobre Aslan e até ele ter ouvido toda a combinação para encontrarem Aslan na Mesa de Pedra. Foi nesse ponto que ele começou, muito quieto, a se esgueirar por baixo da cortina que pendia sobre a porta. Pois a menção a Aslan lhe dava uma sensação misteriosa e horrível, exatamente como produzia nos outros uma sensação misteriosa e encantadora.

No instante em que o Sr. Castor estava recitando o poema sobre *a carne de Adão e o osso de Adão*, Edmundo girava muito silenciosamente a maçaneta da porta; e logo antes de o Sr. Castor lhes contar que a Feiticeira Branca na verdade não era nem humana, e sim metade jinn e metade gigante, Edmundo saíra para a neve e cautelosamente fechara a porta atrás de si.

Mesmo agora, você não deve pensar que Edmundo seria tão malvado a ponto de realmente querer que o irmão e as irmãs fossem transformados em pedra. Queria manjar turco e ser príncipe (e mais tarde rei), e dar o troco a Pedro por chamá-lo de idiota. Quanto ao que a Feiticeira faria com os demais, ele não queria que ela fosse especialmente gentil — certamente que não os pusesse no mesmo nível que ele, mas conseguiu acreditar, ou fingir que acreditava, que ela não lhes faria nada muito maligno. "Porque", disse para si mesmo, "toda essa gente que diz coisas desagradáveis sobre ela é inimiga dela, e provavelmente metade não é verdade. Seja como for, ela foi muito simpática comigo, muito mais do que eles. Imagino que ela seja realmente rainha por direito. De qualquer modo, ela será melhor que esse terrível Aslan!". Essa, pelo menos, foi a desculpa que ele criou na própria cabeça para o que estava fazendo. Não era, no entanto, uma desculpa muito boa, pois, bem lá no seu interior, ele realmente sabia que a Feiticeira Branca era malvada e cruel.

A primeira coisa que percebeu, ao sair e ver a neve caindo em sua volta, foi que deixara o casaco na casa dos castores. E é claro que agora não havia chance de voltar para apanhá-lo. A próxima coisa que percebeu foi que a luz do dia estava quase acabando, pois eram quase três horas quando se sentaram para jantar, e os dias de inverno eram curtos. Ele não calculara isso, mas teria de se arranjar da melhor maneira. Assim, levantou o colarinho e saiu arrastando os pés pelo topo da barragem (por sorte, não estava tão escorregadio, uma vez que a neve caíra) até a margem oposta do rio.

A situação estava bem ruim quando ele alcançou o outro lado. Escurecia a cada minuto e, com isso, e os flocos de neve revoando em todo o seu redor, ele mal conseguia enxergar um metro à frente. Além do mais, não havia estrada. Ficou caindo em montinhos profundos de neve, escorregando em poças congeladas, tropeçando em troncos caídos, deslizando de barrancos íngremes e batendo as canelas em pedras, até ficar todo molhado, frio e machucado. O silêncio e a solidão eram medonhos. De fato, penso que poderia ter desistido de todo o plano, voltado, confessado e reatado a amizade com os outros, se não tivesse inventado de dizer para si mesmo: "Quando eu for Rei de Nárnia, a primeira coisa que farei será construir estradas decentes". E isso, é claro, o pôs a pensar sobre ser rei e todas as outras coisas que iria fazer, o que o consolou bastante. Acabara de decidir em sua cabeça que espécie de palácio teria, quantos carros, tudo sobre seu cinema particular, onde correriam as principais ferrovias, as leis que faria contra castores e barragens, e estava dando os toques finais em alguns esquemas que manteriam Pedro em seu lugar, quando o clima mudou. Primeiro a neve parou de cair. Depois bateu um vento e fez um frio congelante. Finalmente, as nuvens se afastaram rolando e a lua saiu. Era uma lua cheia e, brilhando sobre toda aquela

neve, tornava tudo quase tão claro quanto de dia — só as sombras eram um tanto desconcertantes.

Edmundo jamais teria encontrado o caminho se a lua não tivesse saído no instante em que chegou ao outro rio — você recorda que ele vira (quando chegaram à casa dos castores) um rio menor que confluía com o primeiro, mais abaixo. Agora alcançara aquele e virou para segui-lo caminho acima. Mas o pequeno vale pelo qual vinha o rio era muito mais íngreme e rochoso que aquele que Edmundo acabara de deixar, e muito atulhado de arbustos, de forma que, no escuro, ele não teria conseguido passar. Mesmo daquele modo, ficou ensopado porque tinha de se agachar embaixo dos galhos, e grandes massas de neve escorregavam sobre suas costas. E todas as vezes que isso acontecia, pensava cada vez mais sobre como odiava Pedro — como se tudo aquilo fosse culpa dele.

Mas finalmente chegou a um trecho mais plano onde o vale se abria. E ali, do outro lado do rio, bem perto dele, no meio de uma pequena planície entre dois morros, viu o que tinha de ser a casa da Feiticeira Branca. E a lua brilhava mais intensamente que nunca. A casa era, na verdade, um pequeno castelo. Parecia ser só torres;

torrezinhas com longos pináculos pontudos, agudos como agulhas. Pareciam enormes chapéus de burro ou chapéus de mago. E reluziam ao luar, e suas longas sombras tinham um estranho aspecto na neve. Edmundo começou a ter medo da casa.

Mas já era tarde demais para pensar em voltar. Atravessou o rio sobre o gelo e caminhou rumo à casa. Nada se movia; não havia o mínimo som em lugar algum. Seus próprios pés não faziam barulho na neve recém-caída. Andou adiante e adiante, passando por canto após canto da casa e por um torreão depois do outro até encontrar a porta. Teve de dar toda a volta até o outro lado para encontrá-la. Era um arco enorme, mas os grandes portões de ferro estavam escancarados.

Edmundo esgueirou-se em direção ao arco e, olhando para dentro do pátio, viu ali algo que quase fez seu coração parar de bater. Logo além do portão, com o luar iluminando-o, estava um enorme leão, agachado como se estivesse pronto para saltar. E Edmundo estava de pé à sombra do arco, com medo de prosseguir e com medo de voltar, com os joelhos batendo. Ficou parado ali por tanto tempo que os dentes estariam batendo de frio, ainda que não estivessem batendo de medo. Não sei quanto tempo isso durou, mas, para Edmundo, pareceu durar horas.

Então, por fim, começou a se perguntar por que o leão estava tão imóvel — pois não se movera nem um centímetro desde que pusera os olhos nele. Agora Edmundo arriscava-se a chegar um pouco mais perto, sempre mantendo-se tanto quanto possível na sombra do arco. Agora via, pelo modo como o leão estava de pé, que o animal nem poderia estar olhando para ele. ("Mas suponha que ele vire a cabeça", pensou Edmundo.) De fato, ele fitava outra coisa — a saber, um pequeno anão parado a pouco mais de um metro dele, dando-lhe as costas. "Ahá!", pensou Edmundo.

"Quando ele saltar sobre o anão terei minha chance de escapar." Mas o leão não se mexia, nem o anão. E então finalmente Edmundo recordou o que os outros tinham dito sobre a Feiticeira Branca transformar as pessoas em pedra. Quem sabe aquele fosse apenas um leão de pedra. E, assim que pensou nisso, percebeu que as costas do leão e o alto de sua cabeça estavam cobertos de neve. Era claro que só podia ser uma estátua! Nenhum animal vivo se deixaria cobrir de neve. Então, muito devagar e com o coração batendo como se fosse explodir, Edmundo se arriscou a chegar perto do leão. Mesmo agora, ele mal ousava tocá-lo, mas, por fim, estendeu a mão, muito depressa, e o tocou. Era pedra fria. Estivera com medo de uma mera estátua!

O alívio que Edmundo sentiu foi tão grande que, a despeito do frio, ele subitamente se aqueceu todo, até os dedos dos pés, e ao mesmo tempo lhe veio à cabeça o que parecia ser uma ideia perfeitamente encantadora. "Provavelmente", pensou ele, "este é o grande leão Aslan de que todos estavam falando. Ela já o apanhou e o transformou em pedra. Então é *esse* o fim de todas aquelas belas ideias sobre ele! Puff! Quem tem medo de Aslan?"

E ficou ali parado, deleitando-se com o leão de pedra, e logo fez algo muito tolo e infantil. Tirou do bolso um toco de lápis de grafite e rabiscou um bigode no lábio superior do leão, depois uns óculos em seus olhos. Depois disse: "Iá! Velho tolo Aslan! Que tal ser uma pedra? Você achava que era grande coisa, não achava?". Contudo, apesar dos rabiscos, a face do grande animal de pedra ainda tinha um aspecto tão terrível, triste e nobre, olhando para cima à luz do luar, que Edmundo não se divertiu de verdade por zombar dele. Deu-lhe as costas e começou a atravessar o pátio.

Chegando ao meio dele, viu que havia dúzias de estátuas em toda a volta — em pé aqui e ali, como peças dispostas em um tabuleiro de xadrez quando o jogo está pela metade. Havia sátiros de pedra, e lobos de pedra, e ursos e raposas e gatos-monteses de pedra. Havia lindas formas de pedra que se pareciam com mulheres, mas eram na verdade espíritos de árvores. Havia a grande forma de um centauro, um cavalo alado e uma criatura comprida e delgada que Edmundo supôs ser um dragão. Todos tinham um aspecto tão estranho, ali parados perfeitamente vívidos e imóveis à clara e fria luz da lua, que atravessar o pátio foi uma tarefa triste. Bem no meio, havia uma forma enorme, semelhante a um homem, porém da altura de uma árvore, com rosto feroz e barba desgrenhada e uma grande clava na mão direita. Mesmo sabendo que era somente um gigante de pedra, e não um ser vivo, Edmundo não gostou de passar perto dele.

Agora ele via que uma luz débil aparecia em um corredor do lado oposto do pátio. Foi até lá; havia um lance de degraus de pedra que levava para cima até uma porta aberta. Edmundo subiu por eles. Atravessado na soleira, um grande lobo estava deitado.

"Está tudo bem, está tudo bem", dizia ele para si mesmo, "é só um lobo de pedra. Ele não pode me machucar", e ergueu a perna para passar por cima dele. Instantaneamente a enorme criatura se ergueu, com todos os pelos eriçados ao longo do lombo, abriu uma grande boca vermelha e disse com voz de grunhido:

— Quem está aí? Quem está aí? Fique parado, estranho, e diga-me quem é.

— Por favor, senhor — disse Edmundo, tremendo tanto que mal conseguia falar — meu nome é Edmundo, e sou o Filho de Adão que Sua Majestade encontrou no bosque outro dia, e vim lhe trazer a notícia de que meu irmão e minhas irmãs estão em Nárnia agora, bem perto, na casa dos castores. Ela... ela queria vê-los.

— Contarei à Sua Majestade — disse o lobo. — Enquanto isso, fique na soleira, se dá valor à vida. — Então sumiu para dentro da casa.

Edmundo ficou de pé, esperando, com os dedos doendo de frio e o coração disparado no peito, e logo o grande lobo, Maugrim, chefe da Polícia Secreta da Feiticeira, voltou aos saltos e disse:

— Entre! Entre! Afortunado favorito da rainha... ou então não será tão afortunado.

E Edmundo entrou, tomando muito cuidado para não pisar nas patas do lobo.

Viu-se em um grande salão sombrio de muitos pilares, repleto, como estivera o pátio, de estátuas. A mais próxima da porta era um pequeno fauno com expressão muito triste no rosto, e Edmundo teve de se perguntar se poderia ser o amigo de Lúcia. A única luz vinha de uma luminária isolada, e, bem junto dela, sentava-se a Feiticeira Branca.

— Eu vim, Majestade — disse Edmundo, adiantando-se em uma corrida ansiosa.

— Como ousa vir sozinho? — disse a Feiticeira com voz terrível. — Não lhe disse para trazer consigo os outros?

— Por favor, Majestade — disse Edmundo. — Fiz o melhor que pude. Eu os trouxe bem perto. Estão na casinha no topo da barragem, logo rio acima, com o Sr. e a Sra. Castor.

Um sorriso lento e cruel dominou o rosto da Feiticeira.

— É só isso que tem de notícias? — perguntou ela.

— Não, Majestade! — disse Edmundo, e passou a lhe contar tudo o que ouvira antes de deixar a casa dos castores.

— O quê! Aslan? — exclamou a rainha. — Aslan! Isso é verdade? Se eu descobrir que mentiu para mim...

— Por favor, só estou repetindo o que disseram — balbuciou Edmundo.

Mas a Rainha, que não lhe dava mais atenção, bateu palmas. Instantaneamente, surgiu o mesmo anão que Edmundo vira antes com ela.

— Prepare nosso trenó — ordenou a Feiticeira — e use os arreios sem sinetas.

10. O feitiço começa a se QUEBRAR

Agora precisamos voltar ao Sr., à Sra. Castor e às três outras crianças. Assim que o Sr. Castor disse "Não há tempo a perder", todos começaram a se embrulhar em casacos, exceto a Sra. Castor, que apanhou sacos e os pôs na mesa, e disse:

— Agora, Sr. Castor, pega aquele presunto. E aqui tem um pacote de chá, e ali tem açúcar e uns fósforos. E alguém pegue dois ou três pães no pote ali do canto.

— O que está *fazendo*, Sra. Castor? — perguntou Susana.

— Arrumando uma trouxa para cada um de nós, queridinha — disse a Sra. Castor muito calmamente. — Vocês não pensaram que íamos sair em viagem sem nada para comer, pensaram?

— Mas não temos tempo! — disse Susana, abotoando a gola do casaco. — Ela poderá estar aqui a qualquer minuto.

— Também acho — afirmou o Sr. Castor.

— Vamos lá, todos vocês — disse sua esposa. — Pense bem, Sr. Castor. Ela não pode chegar aqui nos próximos quinze minutos pelo menos.

— Mas não queremos toda a vantagem que pudermos ter — disse Pedro — se quisermos chegar à Mesa de Pedra antes dela?

— Precisa se lembrar *disso*, Sra. Castor — disse Susana. — Assim que ela olhar aqui dentro e descobrir que fomos embora, vai partir a toda velocidade.

— Vai, sim — disse a Sra. Castor. — Mas não chegaremos lá antes dela, não importa o que fizermos, pois ela estará de trenó, e nós, caminhando.

— Então... não temos chance? — disse Susana.

— Agora, não faça confusão, querida — disse a Sra. Castor. — Apenas pegue meia dúzia de lenços limpos na gaveta. Claro que temos chance. Não podemos chegar lá *antes* dela, mas podemos nos manter escondidos e ir por caminhos que ela não esperaria e, quem sabe, consigamos passar.

— Isso é bem verdade, Sra. Castor — disse o marido. — Mas é hora de sairmos daqui.

— E *você* não comece a fazer confusão também, Sr. Castor — disse a esposa. — Aí. Melhor assim. Aqui tem cinco trouxas, e a menor é para a menor de nós: é você, querida — acrescentou, olhando para Lúcia.

— Ah, por favor, vamos — disse Lúcia.

— Bem, agora estou quase pronta — respondeu a Sra. Castor por fim, deixando que o marido a ajudasse a calçar as botas de neve. — Imagino que a máquina de costura seja pesada demais para levarmos.

— Sim. Ela *é* — disse o Sr. Castor. — Pesada demais. E você não acha que vai conseguir usá-la enquanto estamos em fuga, imagino?

— Não suporto a ideia daquela Feiticeira mexendo nela — disse a Sra. Castor — e a quebrando ou roubando, o que é bem provável.

— Ah, por favor, por favor, por favor, apressem-se! — disseram as três crianças. E, assim, finalmente todos saíram, o Sr. Castor trancou a porta ("Isso vai atrasá-la um pouco", disse ele) e partiram, todos carregando suas trouxas nos ombros.

A neve tinha parado de cair e a lua surgira quando começaram a jornada. Andavam em fila indiana — primeiro o Sr. Castor, depois Lúcia, depois Pedro, depois Susana e a Sra. Castor por último. O Sr. Castor conduziu-os por cima da barragem, rumo à margem direita do rio, e depois ao longo de uma espécie de trilha muito rudimentar entre as árvores, bem junto à margem do rio. As vertentes do vale, reluzindo ao luar, erguiam-se muito acima deles, de ambos os lados.

— É melhor ficarmos aqui embaixo tanto quanto possível — disse ele. — Ela vai ter que ficar no alto, pois não dá para trazer um trenó aqui para baixo.

Teria sido uma cena bem bonita de se contemplar, olhando por uma janela em uma poltrona confortável; e, mesmo naquela situação, no começo, Lúcia a apreciou. Mas, à medida que continuavam a caminhar e caminhar — e caminhar —, e à medida que a trouxa que levava parecia cada vez mais pesada, ela começou a se perguntar como acompanharia os outros. E parou de olhar o brilho ofuscante do rio congelado, com todas as suas cascatas de gelo, as massas brancas das copas das árvores, a grande lua brilhante e as estrelas incontáveis, e só podia observar as perninhas curtas do Sr. Castor fazendo plaf-plaf-plaf-plaf através da neve diante dela, como se não fossem parar nunca. Então, a lua desapareceu e a neve começou a cair outra vez. E, por fim, Lúcia se viu tão cansada que estava quase dormindo e caminhando ao mesmo tempo, quando percebeu de repente que o Sr. Castor havia se desviado da margem do rio para a direita, e os conduzia por um caminho íngreme morro acima, para o meio dos arbustos mais espessos. Então, despertando por completo, percebeu que o Sr. Castor desaparecia em um pequeno buraco na margem, que estivera quase escondido sob os arbustos até que se chegasse bem perto dele. Na verdade, quando ela chegou a se dar conta do que estava acontecendo, só dava para ver a cauda dele, curta e chata.

Lúcia imediatamente se agachou e engatinhou atrás dele para dentro. Então, ouviu ruídos de algo se mexendo e bufando e resfolegando atrás dela, e em um momento todos os cinco estavam do lado de dentro.

— Que lugar é este? — disse a voz de Pedro, soando cansada e pálida na escuridão. (Espero que você saiba o que quero dizer com uma voz pálida.)

— É um velho esconderijo para os castores em tempos difíceis — disse o Sr. Castor — e um grande segredo. Não é grande coisa, mas precisamos de algumas horas de sono.

— Se vocês não tivessem feito aquela maldita confusão quando estávamos de partida, eu teria trazido alguns travesseiros — disse a Sra. Castor.

Não era nem um pouco uma caverna agradável como a do Sr. Tumnus, pensou Lúcia — só uma toca no chão, mas seca e terrosa. Era muito pequena, de modo que, quando todos se deitaram, formaram um bolo de roupas juntas e, com isso, e o aquecimento da longa caminhada, ficaram realmente bem aconchegados. Quem dera o chão da caverna fosse um pouco mais macio! Então, a Sra. Castor fez passar, no escuro, um pequeno frasco do qual cada um bebeu um pouco — o líquido os fez tossir, cuspir um pouco e arranhou a garganta, mas também os fez se sentirem deliciosamente quentes depois de engolir — e todos caíram no sono na mesma hora.

O feitiço começa a se quebrar

Lúcia achava que só tinha se passado um minuto (mas era realmente horas e horas mais tarde) quando ela despertou, sentindo-se um pouco gelada e tremendamente rígida, pensando em como gostaria de um banho quente. Aí sentiu uns longos bigodes fazendo cócegas em sua bochecha e viu a fria luz do dia entrando pela boca da caverna. Mas, logo depois disso, estava de fato totalmente desperta, e todos os demais também. Na verdade, estavam todos sentados, de boca e olhos bem abertos, escutando um som que era o exato som em que todos estiveram pensando (e às vezes imaginando ouvir) durante a caminhada da noite anterior. Era o som de sininhos tilintando.

O Sr. Castor saiu da caverna como um raio no momento em que o ouviu. Talvez você pense, como Lúcia pensou por um momento, que essa foi uma coisa muito tola de se fazer. Mas, na verdade, foi muito sensata. Ele sabia que podia escalar até o alto do barranco, entre arbustos e touceiras, sem ser visto; e, acima de tudo, ele queria ver em que direção ia o trenó da Feiticeira. Todos os demais ficaram sentados na caverna, esperando e imaginando. Esperaram quase cinco minutos. Então, ouviram algo que os assustou imensamente. Ouviram vozes. "Oh", pensou Lúcia, "ele foi visto. Ela o apanhou!". Foi grande a surpresa deles quando, um pouco depois, ouviram a voz do Sr. Castor chamando-os logo à boca da caverna.

— Está tudo bem — gritava ele. — Venha para fora, Sra. Castor. Venham para fora, Filhos e Filhas de Adão. Está tudo bem! Num é ela! — Isso, claro, está gramaticalmente errado, mas é assim que os castores falam quando estão animados; quero dizer, em Nárnia, em nosso mundo normalmente não falam nada.

Em seguida, a Sra. Castor e as crianças saíram da caverna aos trancos, todos piscando à luz do dia, cobertos de terra, com aspecto muito desleixado, desalinhado e despenteado, com sono nos olhos.

— Vamos lá! — exclamou o Sr. Castor, que quase dançava de alegria. — Venham ver! É um duro golpe para a Feiticeira! Parece que o poder dela já está se desfazendo.

— *O que* você quer dizer, Sr. Castor? — ofegou Pedro enquanto todos escalavam juntos a íngreme vertente do vale.

— Eu não disse — respondeu o Sr. Castor — que ela fazia ser sempre inverno e nunca Natal? Eu não disse? Bem, venham ver só!

E então estavam todos no alto, e viram.

Era um trenó, e *eram* renas com sinetas nos arreios. Mas elas eram muito maiores que as renas da Feiticeira, e não eram brancas, e sim marrons. E, no trenó, estava sentada uma pessoa que todos reconheceram no momento em que lhe puseram os olhos. Era um homem enorme de vestes num vermelho brilhante (vivo como frutos de azevinho), com um capuz que tinha pele por dentro e uma grande barba branca que lhe caía sobre o peito como uma cascata espumante. Todos o conheciam porque, apesar de se ver pessoas desse tipo somente em Nárnia, vemos imagens delas e ouvimos falar delas mesmo em nosso mundo — o mundo do lado de cá da porta do guarda-roupa. Contudo, quando as vemos de verdade em Nárnia, é bem diferente. Algumas das figuras de Papai Noel em nosso mundo o fazem parecer apenas engraçado e jovial. Agora, entretanto, que as crianças realmente estavam olhando para ele, não achavam que fosse bem assim. Ele era tão grande, e tão contente, e tão real, que ficaram todas bem quietas. Sentiram-se muito contentes, mas também solenes.

— Finalmente cheguei — disse ele. — Ela me manteve fora por muito tempo, mas finalmente entrei. Aslan está a caminho. A magia da Feiticeira está enfraquecendo.

E Lúcia sentiu correr através dela aquele profundo frêmito de contentamento que só se tem quando se está solene e quieto.

O feitiço começa a se quebrar

— E agora — disse Papai Noel —, aos seus presentes. Há uma máquina de costura nova e melhor para você, Sra. Castor. Vou deixá-la em sua casa quando eu passar por lá.

— Por favor, senhor — disse a Sra. Castor, fazendo uma reverência. — Está trancada.

— Trancas e fechaduras não fazem diferença para mim — disse Papai Noel. — E, quanto a você, Sr. Castor, quando chegar em casa, vai encontrar sua barragem terminada e consertada, todos os vazamentos tapados e uma nova comporta instalada.

O Sr. Castor ficou tão contente que abriu bastante a boca e depois descobriu que não conseguia dizer nem uma palavra.

— Pedro, Filho de Adão — disse Papai Noel.

— Aqui, senhor — respondeu Pedro.

— Estes são seus presentes — foi a resposta — e são ferramentas, não brinquedos. Talvez o tempo de usá-los esteja bem próximo. Use-os bem. — Com essas palavras, entregou a Pedro um escudo e uma espada. O escudo era da cor da prata e, em cima dele, havia um leão vermelho inclinado, tão brilhante quanto um morango maduro no momento em que é apanhado. A empunhadura da espada era de ouro, e tinha uma bainha, um cinto e tudo de que precisava, e era exatamente do tamanho e peso certo para Pedro. Ele ficou silencioso e solene ao receber essas dádivas, pois sentia que eram um presente muito sério.

— Susana, Filha de Eva — disse Papai Noel. — Estes são para você — e lhe entregou um arco, uma aljava cheia de flechas e uma pequena trombeta de marfim. — Deve usar o arco somente em grande necessidade — disse ele —, pois não pretendo que você lute na batalha. Ele não erra facilmente. E, quando puser esta trombeta nos lábios e soprá-la, então, não importa onde esteja, creio que alguma espécie de auxílio virá até você.

Por último, ele disse:

— Lúcia, Filha de Eva — e Lúcia se adiantou. Ele lhe deu uma garrafinha do que parecia ser vidro (mas depois as pessoas disseram que era feita de diamante) e um pequeno punhal. — Nesta garrafa — disse ele —, há um cordial feito do suco de uma das flores-de-fogo que crescem nas montanhas do sol. Se você ou algum dos seus amigos se ferir, algumas gotas disso vão revigorá-los. E o punhal é para se defender em grande necessidade. Pois você também não está destinada a estar na batalha.

— Por que, senhor? — indagou Lúcia. — Eu acho... não sei, mas acho que poderia ser corajosa o bastante.

— Não se trata disso — disse ele. — Mas as batalhas são feias quando as mulheres combatem. E agora — aqui ele pareceu então menos grave —, eis algo para vocês todos para este momento! — e tirou (suponho que do grande saco que carregava às costas, mas ninguém chegou a vê-lo fazer isso) uma grande bandeja contendo cinco xícaras e pires, uma tigela de torrões de açúcar, uma jarra de creme e uma enorme chaleira toda chiando e quentíssima. Então, exclamou: — Feliz Natal! Longa vida ao legítimo Rei! — e estalou o chicote, e ele, as renas, o trenó e tudo o mais estavam longe da vista antes que alguém se desse conta de que haviam partido.

Pedro acabara de sacar a espada da bainha e a estava mostrando ao Sr. Castor quando a Sra. Castor disse:

— Ora, ora! Não fiquem aí parados conversando até o chá esfriar. Bem coisa de homens. Venham ajudar a levar a bandeja lá para baixo, e vamos comer o café da manhã. Que bênção que me lembrei de trazer a faca de pão!

Então desceram pela vertente íngreme e voltaram à caverna, e o Sr. Castor partiu o pão e o presunto em sanduíches, e a Sra. Castor serviu o chá e todos aproveitaram a refeição. Mas, ainda no meio da diversão, o Sr. Castor disse:

— Agora é hora de seguir em frente.

11. Aslan está mais PERTO

Enquanto isso, Edmundo estava tendo uma experiência muito decepcionante. Quando o anão fora aprontar o trenó, ele esperava que a Feiticeira fosse simpática, assim como fora no último encontro. Mas ela não disse nada. E, quando Edmundo finalmente reuniu coragem para dizer:

— Por favor, Majestade, posso ter um pouco de manjar turco? Você... Você... disse...

— Silêncio, seu tolo!

Depois pareceu mudar de ideia e disse, como que para si mesma: "No entanto, não vai ser bom ter o pirralho desmaiando no caminho", e bateu palmas mais uma vez. Surgiu outro anão.

— Traga comida e bebida à criatura humana — disse ela.

O anão foi embora e logo retornou trazendo uma tigela de ferro contendo um pouco de água e um prato de ferro com um naco de pão seco. Ele riu de modo repulsivo ao pô-los no chão diante de Edmundo, e disse:

— Manjar turco para o pequeno príncipe. Ha! Ha! Ha!

— Leve isso embora — disse Edmundo, aborrecido.
— Não quero pão seco. — Mas a Feiticeira voltou-se

para ele de súbito, com uma expressão tão terrível no rosto que ele pediu desculpas e começou a mordiscar o pão, apesar de estar tão mofado que ele mal conseguiu engoli-lo.

— Você ficará bem contente com este antes de voltar a provar pão de novo — disse a Feiticeira.

Enquanto ele ainda mastigava, o primeiro anão voltou e anunciou que o trenó estava pronto.

A Feiticeira Branca ergueu-se e saiu, ordenando que Edmundo viesse com ela. A neve estava caindo novamente quando chegaram ao pátio, mas ela não deu atenção a isso e mandou Edmundo sentar-se ao lado dela no trenó. Porém, antes de partirem, ela chamou Maugrim, e ele veio aos saltos, como um enorme cão, para o lado do trenó.

— Leve consigo o mais veloz dos seus lobos, e vão imediatamente à casa dos castores — disse a Feiticeira — e mate o que quer que encontrarem lá. Se já tiverem partido, vá a toda velocidade à Mesa de Pedra, mas que não o vejam. Espere-me lá escondido. Enquanto isso, tenho de percorrer muitos quilômetros a oeste antes de encontrar um lugar em que possa cruzar o rio. Pode ser que você alcance esses humanos antes que eles cheguem à Mesa de Pedra. Saberá o que fazer se os encontrar!

— Ouço e obedeço, ó Rainha — grunhiu o lobo, e de pronto partiu às pressas pela neve e escuridão, tão rápido quanto um cavalo galopa. Em poucos minutos, chamara outro lobo e estava com ele lá na barragem, farejando a casa dos castores. Mas é claro que a encontraram vazia. Teria sido pavoroso para os castores e as crianças se a noite permanecesse clara, pois, então, os lobos teriam conseguido seguir a trilha deles — e tinham grandes chances de alcançá-los antes que chegassem à caverna. Mas agora que recomeçara a nevar, a pista esfriou e as próprias pegadas foram encobertas.

Enquanto isso, o anão chicoteou as renas, e a Feiticeira e Edmundo partiram por baixo do arco e seguiram adiante e para longe, rumo à escuridão e ao frio. Aquela foi uma viagem terrível para Edmundo, que não tinha casaco. Antes que tivessem andado por quinze minutos, a frente dele estava coberta de neve — ele logo parou de tentar sacudi-la porque, assim que o fazia, juntava-se uma nova quantidade, e ele estava muito cansado. Logo estava molhado até a pele. E oh, quão infeliz estava! Agora não parecia que a Feiticeira pretendia fazer dele um rei. Todas as coisas que ele dissera para se fazer acreditar que era bondosa e gentil, e que o lado dela era realmente o certo, agora soavam tolas. Teria dado qualquer coisa para encontrar os outros naquele momento — até mesmo Pedro! No momento, o único meio de se consolar era tentar acreditar que tudo aquilo era um sonho e que poderia despertar a qualquer instante. E, enquanto seguiam em frente, hora após hora, começou mesmo a parecer um sonho.

Levou mais tempo do que eu seria capaz de descrever, mesmo que escrevesse páginas e mais páginas. Mas vou avançar até o momento em que a neve parou de cair, a manhã chegou e estavam correndo à luz do dia. E ainda seguiam adiante, e adiante, sem ruído, exceto o interminável chiado da neve e o ranger dos arreios das renas. Então, finalmente, a Feiticeira disse: "O que temos aqui? Pare!", e pararam.

Como Edmundo esperava que ela fosse dizer algo sobre o café da manhã! Mas ela parara por um motivo bem diferente. Um pouco adiante, ao pé de uma árvore, estava sentado um alegre grupo, um esquilo, sua esposa com os filhos, um sátiro, um anão e um velho raposo, todos em banquetas ao redor de uma mesa. Edmundo não conseguia ver bem o que estavam comendo, mas o cheiro era excelente, e parecia haver enfeites de azevinho, e não tinha certeza de não estar vendo algo parecido com um pudim de ameixas. No momento em que o trenó parou, o raposo, que obviamente era a pessoa mais velha presente, acabara de se pôr de pé, segurando uma taça na pata direita, como se fosse dizer algo. Mas, quando o grupo todo viu o trenó parando, e quem estava nele, toda a alegria fugiu de seu rosto. O pai esquilo parou de comer com o garfo a meio caminho da boca, um dos sátiros chegou a parar com o garfo dentro da boca e os esquilos bebês guinchavam de terror.

— Qual é o significado disto? — perguntou a Rainha Feiticeira. Ninguém respondeu. — Falem, vermes! — ordenou ela outra vez. — Ou querem que meu anão encontre uma língua com seu chicote? Qual o significado de toda essa comilança, esse desperdício, essa autoindulgência? De onde pegaram todas essas coisas?

— Por favor, Majestade — disse o raposo —, nós ganhamos essas coisas. E se eu puder ter a ousadia de brindar à excelente saúde de Vossa Majestade...

— Quem deu isso a vocês? — perguntou a Feiticeira.

— P-P-P-Papai Noel — gaguejou o raposo.

— O quê? — rugiu a Feiticeira, saltando do trenó e dando alguns passos na direção dos animais aterrorizados. — Ele não esteve aqui! Ele não pode ter estado aqui! Como se atrevem... mas não. Digam que estiveram mentindo e serão perdoados agora mesmo.

Naquele momento um dos jovens esquilos perdeu completamente a cabeça.

— Ele esteve... ele esteve... ele esteve! — guinchou ele, batendo com a colherinha na mesa.

Edmundo viu a Feiticeira mordendo os lábios, de modo que uma gota de sangue surgiu em sua bochecha branca. Então ela ergueu a varinha.

— Oh, não, não, por favor, não — gritou Edmundo, mas, mesmo enquanto gritava, ela agitara a varinha e instantaneamente, onde estivera o alegre grupo, só havia estátuas de criaturas (uma com o garfo de pedra eternamente imobilizado a meio caminho da boca de pedra) sentadas em torno de uma mesa de pedra na qual havia pratos de pedra e um pudim de ameixas de pedra.

— Quanto a você — disse a Feiticeira, dando um espantoso golpe no rosto de Edmundo enquanto voltava a montar no trenó —, que isso o ensine a não pedir favores por espiões e traidores. Avante! — E Edmundo, pela primeira vez nesta história, sentiu pena de alguém que não fosse ele próprio. Parecia tão deplorável pensar naquelas figurinhas de pedra, sentadas ali por todos os dias silenciosos e todas as noites escuras, ano após ano, até o musgo crescer sobre elas e, no fim, seus próprios rostos desmoronarem.

Mais uma vez, tinham voltado a correr incessantemente. E logo Edmundo notou que a neve que respingava neles enquanto a atravessavam estava muito mais molhada do que durante toda a noite passada. Ao mesmo tempo, notou que sentia muito menos frio. Também se formava uma neblina. De fato, a cada minuto ficava mais nevoento e mais quente. E o trenó não corria mais tão bem quanto correra até então. Primeiro pensou que fosse porque as renas estivessem cansadas, mas logo viu que esse não podia ser o motivo real. O trenó sacudia, derrapava e seguia aos solavancos, como se tivesse batido em pedras. E não importava quanto o anão açoitasse as pobres renas, o trenó ia cada vez mais devagar. Também parecia haver um ruído curioso em toda a volta deles, mas o ruído da corrida, dos solavancos e os gritos do anão para as renas impediam que Edmundo ouvisse o que era, até subitamente o trenó encalhar de maneira tão brusca que não avançava nem mais um pouco. Quando isso aconteceu, fez-se um momento de silêncio. E, nesse silêncio, Edmundo conseguiu, afinal, escutar direito o outro ruído. Um ruído estranho, suave, farfalhante, trepidante — e, no entanto, não tão estranho, pois já o ouvira antes —, se conseguisse se lembrar de onde! Então, subitamente, lembrou-se. Era o ruído de água corrente. Em toda a volta deles, porém não à vista, havia torrentes trepidando, murmurando, borbulhando, respingando e até rugindo (ao longe). E seu coração deu um grande salto (ele mal sabia por quê) quando percebeu que o congelamento acabara. E muito mais perto havia um pinga-pinga-pinga dos galhos de todas as árvores. Então, olhando para uma árvore, ele viu uma grande massa de neve deslizar dela, e pela primeira vez desde que entrara em Nárnia viu o verde-escuro de um abeto. Mas não teve mais tempo de escutar ou observar, pois a Feiticeira disse:

— Não fique sentado olhando, seu tolo! Saia e ajude.

E é claro que Edmundo teve de obedecer. Pisou na neve — mas àquela altura realmente só havia lama — e começou a ajudar o anão a tirar o trenó do buraco lodoso em que se metera. Acabaram tirando-o e, sendo muito cruel com as renas, o anão conseguiu fazer o trenó mover-se outra vez, e seguiram um pouco mais adiante. Agora a neve derretia de verdade, e tufos de relva verde começaram a surgir em todas as direções. A não ser que você tenha olhado para um mundo nevado pelo mesmo tempo que Edmundo, mal conseguirá imaginar o alívio que eram aqueles tufos verdes após o branco infindável. Então, o trenó parou outra vez.

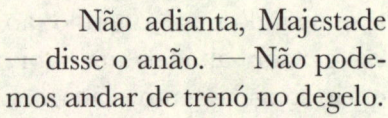

— Não adianta, Majestade — disse o anão. — Não podemos andar de trenó no degelo.

— Então, temos de caminhar — disse a Feiticeira.

— Nunca haveremos de alcançá-los andando — grunhiu o anão. — Não com a vantagem que eles têm.

— Você é meu conselheiro ou meu escravo? — indagou a Feiticeira. — Faça o que mando. Amarre as mãos da criatura humana às costas e segure a ponta da corda. E leve o chicote. E corte os arreios das renas; elas vão achar sozinhas o caminho de casa.

O anão obedeceu e, em alguns minutos, Edmundo se viu obrigado a caminhar o mais depressa que podia, com as mãos amarradas às costas. Ia escorregando na lama, no lodo e na relva molhada, e, a cada vez que escorregava, o anão lhe lançava uma maldição e às vezes um estalo de chicote. A Feiticeira caminhava atrás do anão e dizia o tempo todo: "Mais depressa! Mais depressa!".

A cada momento, as áreas verdes aumentavam e as manchas de neve diminuíam. A cada momento, mais e mais árvores sacudiam seus mantos de neve. Logo, para onde quer que se olhasse, viam-se, em vez de formas brancas, o verde-escuro dos abetos, ou os ramos negros e espinhosos dos carvalhos, faias e olmos desnudos. Então, a névoa de branca se tornou dourada, e logo desapareceu por completo. Raios de deliciosa luz solar atingiam o chão do bosque, e, lá em cima, podia-se ver um céu azul entre as copas das árvores.

Logo outras coisas maravilhosas aconteceram. Fazendo uma curva repentina rumo a um capão de bétulas prateadas,

Edmundo viu o chão coberto em todas as direções com pequenas flores amarelas — celidônias. O ruído da água ficou mais intenso. Logo estavam realmente atravessando um riacho. Do outro lado, viram que cresciam campânulas-brancas.

— Cuide da sua vida! — disse o anão quando viu que Edmundo virara a cabeça para olhá-las; e deu um puxão violento na corda.

Mas é claro que isso não impediu Edmundo de ver. Só cinco minutos mais tarde, notou uma dúzia de flores de açafrão crescendo em torno do pé de uma árvore velha — douradas, púrpuras e brancas. Então, veio um som ainda mais delicioso que o som da água. Bem ao lado da trilha que estavam percorrendo, um pássaro subitamente piou em um galho de árvore. Foi respondido pelo cacarejo de outro pássaro um pouco mais adiante. E então, como se fosse um sinal, houve tagarelice e chilreados em todas as direções, depois um momento de pleno canto e, em cinco minutos, todo o bosque ressoava com a música dos pássaros; e, para onde quer que Edmundo voltasse os olhos, via pássaros pousando em ramos, navegando no alto, perseguindo os outros, tendo suas briguinhas ou arrumando as penas com os bicos.

— Mais depressa! Mais depressa! — dizia a Feiticeira.

Já não havia resto de névoa. O céu se tornava cada vez mais azul, e agora nuvens brancas o atravessavam depressa de tempos em tempos. Nas amplas clareiras, havia prímulas. Soprou uma brisa leve que espalhou gotas de orvalho dos ramos que balançavam e trouxe aromas frescos e deliciosos aos rostos dos viajantes. As árvores começaram a reviver plenamente. Os lariços e as bétulas estavam cobertos de verde; os laburnos, de dourado. Logo as faias haviam estendido suas folhas delicadas e transparentes. À medida que os viajantes caminhavam sob elas, a luz também se tornou verde. Uma abelha zumbiu cruzando-lhes o caminho.

— Isso não é degelo — disse o anão, parando de repente. — Isto é a *primavera*. O que vamos fazer? Seu inverno foi destruído, estou dizendo! Isto é obra de Aslan.

— Se algum de vocês mencionar esse nome de novo — disse a Feiticeira —, será morto na hora.

12. A primeira batalha de PEDRO

Enquanto o anão e a Feiticeira Branca diziam isso, a quilômetros dali, os castores e as crianças caminhavam, hora após hora, no que parecia ser um delicioso sonho. Há muito deixaram os casacos para trás. E àquela altura tinham até deixado de dizer uns para os outros: "Olhem! Ali está um martim-pescador", ou: "Vejam, jacintos!", ou: "Que cheiro encantador era esse?", ou: "Escutem só esse tordo!". Andavam em silêncio, assimilando aquilo tudo, atravessando manchas de morna luz do sol, entrando em frescos capões verdes e saindo de novo para amplas clareiras de musgo, onde altos olmos erguiam um teto de folhas, depois para densas massas de groselhas em flor e entre moitas de espinheiros, onde o aroma doce era quase esmagador.

Tinham ficado tão surpresos quanto Edmundo quando viram o inverno desaparecer e todo o bosque passar, em umas poucas horas, de janeiro para maio. Nem sabiam ao certo (como a Feiticeira sabia) que era o que aconteceria quando Aslan chegasse em Nárnia. Mas todos sabiam que haviam sido os feitiços dela que produziram o inverno incessante; portanto, todos sabiam, quando aquela primavera mágica começou, que algo dera errado, e muito errado, com os planos da Feiticeira. E, depois que o degelo estivera em andamento por algum tempo, todos se deram conta de que a Feiticeira não seria mais capaz de usar seu trenó. Depois disso, não se apressaram tanto e permitiram-se descansos mais numerosos e longos. Àquela altura, é claro que estavam bem cansados, mas não o que eu chamaria de exaustos — somente lerdos, sentindo-se muito sonhadores e quietos por dentro, como quem está chegando ao fim de um longo dia ao ar livre. Susana tinha uma leve bolha em um calcanhar.

Haviam abandonado o curso do grande rio algum tempo antes, pois era preciso virar um pouco para a direita (quer dizer, um pouco ao sul), para alcançar o lugar da Mesa de Pedra. Mesmo que não fosse o caminho deles, não poderiam acompanhar o vale do rio depois que o degelo começou, pois, com toda aquela neve derretendo, o rio logo transbordou — um transbordo amarelo esplêndido, rugindo e trovejando — e a trilha deles estaria embaixo d'água.

Então, o sol desceu, a luz se tornou mais vermelha, as sombras se alongaram e as flores começaram a pensar em se fechar.

— Agora não falta muito — disse o Sr. Castor, e começou a levá-los morro acima, atravessando um musgo muito fundo e elástico (dava uma sensação boa por baixo dos pés cansados) em um lugar onde só cresciam árvores altas, muito afastadas entre si. A escalada, feita no final do longo dia, deixou todos ofegantes e sem fôlego. E bem quando Lúcia se perguntava se ela realmente conseguiria atingir o topo sem mais um longo descanso, de repente *estavam* no topo. E foi isto que eles viram.

Estavam em um verdejante espaço aberto de onde se podia observar o bosque lá embaixo, estendendo-se em todas as direções, a perder de vista — exceto bem à frente. Ali, longe ao leste, algo cintilava e se movia.

— Puxa vida! — sussurrou Pedro para Susana. — O mar!

Bem no meio daquela chapada ficava a Mesa de Pedra. Era uma grande laje sombria de pedra cinzenta, sustentada por quatro pedras em pé. Parecia muito antiga e estava toda entalhada com estranhas linhas e figuras que poderiam ser letras de uma língua desconhecida. Davam uma sensação curiosa quando se olhava para elas. A próxima coisa que viram foi um pavilhão erguido de um lado do espaço aberto. Era um pavilhão esplêndido — especialmente naquela hora, quando a luz do sol poente caía sobre ele —, com paredes que pareciam ser de seda amarela, cordões rubros e cavilhas de tenda feitas de marfim; e, acima dele, em um mastro bem no alto, um estandarte que trazia um leão vermelho inclinado drapejava na brisa que soprava em seus rostos, vinda do mar longínquo. Enquanto o contemplavam, ouviram o som de música à sua direita e, virando-se naquela direção, viram o que tinham vindo ver.

Aslan estava de pé no centro de uma multidão de criaturas que se haviam agrupado em torno dele em forma de meia-lua. Havia mulheres-das-árvores e mulheres-das-nascentes (dríades e náiades, como costumavam ser chamadas em nosso mundo) com instrumentos de cordas; eram elas que tocavam a música. Havia quatro grandes centauros. Sua parte equina lembrava enormes cavalos de fazenda ingleses, e a parte humana era como de gigantes severos, mas belos. Havia também um unicórnio, um touro com cabeça de homem, um pelicano, uma águia e um grande cão. E, junto a Aslan, estavam dois leopardos, um dos quais carregava sua coroa, e o outro, seu estandarte.

Mas quanto ao próprio Aslan, os castores e as crianças não souberam o que fazer ou dizer quando o viram. Gente que não esteve em Nárnia às vezes pensa que uma coisa não pode ser boa e terrível ao mesmo tempo. Se alguma vez as crianças haviam pensado assim, agora estavam curadas desse pensamento. Pois, quando tentaram olhar o rosto de Aslan, tiveram apenas um vislumbre da juba dourada e dos grandes olhos régios, solenes e avassaladores; então descobriram que não eram capazes de fitá-lo e ficaram todos trêmulos.

— Vão em frente — sussurrou o Sr. Castor.

— Não — sussurrou Pedro —, vocês primeiro.

— Não, Filhos de Adão antes dos animais — sussurrou o Sr. Castor de volta.

— Susana — sussurrou Pedro. — E você? As damas primeiro.

— Não, você é o mais velho — sussurrou Susana. E é claro que, quanto mais ficaram fazendo aquilo, mais inadequados se sentiam. Então, finalmente, Pedro se deu conta de que dependia dele. Sacou a espada, ergueu-a em saudação e disse, apressado, aos demais:

— Vamos lá. Controlem-se.

Ele avançou até o leão e disse:

— Nós viemos, Aslan.

— Bem-vindo, Pedro, Filho de Adão — disse Aslan. — Bem-vindas, Susana e Lúcia, Filhas de Eva. Bem-vindos, Castor e Castora.

A primeira batalha de Pedro

Sua voz era profunda e cheia, e de algum modo removeu a inquietude deles. Sentiam-se agora contentes e tranquilos, e não lhes pareceu inadequado ficarem de pé sem nada dizerem.

— Mas onde está o quarto? — perguntou Aslan.

— Ele tentou traí-los e se uniu à Feiticeira Branca, ó Aslan — disse o Sr. Castor. E então algo fez com que Pedro dissesse:

— Isso foi em parte culpa minha, Aslan. Fiquei zangado com ele e acho que isso o ajudou a cometer um erro.

E Aslan nada disse nem para desculpar Pedro, nem para culpá-lo, mas meramente ficou parado, olhando-o com grandes olhos imutáveis. E pareceu a todos que nada havia a dizer.

— Por favor... Aslan — disse Lúcia —, alguma coisa pode ser feita para salvar Edmundo?

— Tudo há de ser feito — disse Aslan. — Mas pode ser mais difícil do que pensam. — E então calou-se de novo por certo tempo. Até aquele momento, Lúcia pensara como seu rosto parecia régio, forte e pacífico; agora veio-lhe de súbito à mente que também parecia triste. Mas, no minuto seguinte, aquela expressão se fora. O leão sacudiu a juba e bateu as patas ("Que patas terríveis", pensou Lúcia, "se ele não soubesse como deixá-las aveludadas!") e disse:

— Enquanto isso, que o banquete seja preparado! Senhoras, levem estas Filhas de Eva ao pavilhão e cuidem delas.

Quando as meninas se foram, Aslan pôs a pata — que, apesar de aveludada, era muito pesada — no ombro de Pedro e disse:

— Venha, Filho de Adão, e lhe mostrarei uma visão longínqua do castelo onde você há de ser rei.

E Pedro, com a espada desembainhada ainda na mão, foi com o leão até a beira oriental do topo da colina.

Ali uma linda vista lhes encheu os olhos. O sol se punha atrás deles. Isso significava que toda a região lá embaixo se estendia à luz do entardecer — bosque, colinas, vales e, serpenteando como uma cobra de prata, a parte inferior do grande rio. E, além de tudo aquilo, a quilômetros de distância, estava o mar; e, além do mar, o céu repleto de nuvens que acabavam de se tornar cor-de-rosa com o reflexo do ocaso. Mas bem onde a terra de Nárnia encontrava o mar — na verdade, na foz do grande rio —, havia algo sobre um pequeno morro que reluzia. Reluzia porque era um castelo, e é claro que ali a luz do sol se refletia em todas as janelas que estavam voltadas para Pedro e o sol poente, mas pareceu a ele uma grande estrela assentada na costa do mar.

— Ali, ó homem — disse Aslan —, está Cair Paravel dos quatro tronos, em um dos quais você deve sentar-se como rei. Mostro-lhe porque você é o primogênito e será Alto Rei acima de todos os demais.

E mais uma vez Pedro nada disse, pois, naquele momento, um estranho som subitamente rompeu o silêncio. Era como um clarim, porém mais profundo.

— É a trombeta de sua irmã — disse Aslan a Pedro em voz baixa, tão baixa que era quase um ronronar, se não for desrespeitoso pensar em um leão ronronando.

Por um momento, Pedro não compreendeu. Depois, quando viu todas as outras criaturas avançarem e ouviu Aslan dizendo, com um aceno de pata, "De volta! Que o príncipe conquiste suas esporas", compreendeu e partiu, correndo o mais depressa que pôde, para o pavilhão. E ali viu uma visão pavorosa.

As náiades e dríades dispersavam-se em todas as direções. Lúcia corria para ele na maior velocidade que suas pernas curtas permitiam, e seu rosto estava branco como papel. Então, ele viu Susana lançando-se na direção de uma árvore e subindo com ímpeto, seguida por um enorme animal cinzento. Primeiro, Pedro pensou que fosse um urso. Depois viu que parecia um cachorro pastor-alemão, apesar de ser grande demais para um cão. Então percebeu que era um lobo — um lobo de pé nas pernas traseiras, com as patas dianteiras encostadas ao tronco da árvore, avançando e rosnando. Todos os pelos do seu lombo estavam eriçados. Susana não conseguira subir além do segundo galho grande. Uma de suas pernas pendia de modo que o pé estava apenas alguns centímetros acima dos dentes que avançavam. Pedro perguntou-se por que ela não subia mais, ou pelo menos se agarrava melhor; então deu-se conta de que ela ia simplesmente desmaiar e, se desmaiasse, iria cair.

Pedro não se sentia muito corajoso; na verdade, sentia-se enjoado. Mas isso não importava para o que tinha que fazer. Correu direto em direção ao monstro e mirou um golpe de espada no seu flanco. O golpe não chegou a atingir o lobo. Rápido como um raio, ele se virou, com os olhos chamejantes e a boca escancarada, em um uivo de fúria. Se não estivesse irado a ponto de uivar, teria imediatamente o agarrado pela garganta. Mas assim — embora tudo isso tenha acontecido muito depressa para Pedro pensar — ele só teve tempo de se agachar e enterrar a espada, com toda a força que pôde, entre as pernas dianteiras da fera, bem no coração. Veio então um momento horrível e confuso, como um pesadelo. Ele se esforçava e puxava, e o lobo não parecia vivo nem morto, e seus dentes arreganhados lhe batiam na testa, e tudo era sangue, calor e pelo. Um momento depois, descobriu que o monstro jazia morto, e ele puxou a espada de dentro dele, endireitou as costas e limpou o suor do rosto, para longe dos olhos. Sentia-se completamente exausto.

Então, após um instante, Susana desceu da árvore. Ela e Pedro estavam muito trêmulos ao se encontrarem, e não vou dizer que não houve beijos e choro de ambos os lados. Mas, em Nárnia, ninguém pensa mal de você por causa disso.

— Depressa! Depressa! — gritava a voz de Aslan. — Centauros! Águias! Vejo outro lobo nas moitas. Ali, atrás de vocês. Ele acaba de sair correndo. Atrás dele, todos vocês. Ele vai ter com sua senhora. Esta é sua chance de encontrar a Feiticeira e resgatar o quarto Filho de Adão. — E instantaneamente, com um tropel de cascos e um bater de asas, cerca de uma dúzia das criaturas mais velozes desapareceram na escuridão que se adensava.

Pedro, ainda ofegante, virou-se e viu Aslan perto dele.

— Esqueceu-se de limpar a espada — disse Aslan.

Era verdade. Pedro enrubesceu quando olhou a lâmina brilhante e a viu toda manchada com o pelo e o sangue do lobo. Agachou-se e a esfregou na relva até ficar bem limpa, e depois esfregou-a para secar no casaco.

— Entregue-a a mim e ajoelhe-se, Filho de Adão — disse Aslan. E depois de Pedro fazer isso, ele o tocou com a parte plana da lâmina e disse: — Erga-se, *sir* Pedro Flagelo do Lobo. E não importa o que aconteça, nunca se esqueça de limpar a espada.

13. Magia **Profunda** da ALVORADA do **tempo**

Agora precisamos voltar para Edmundo. Quando ele fora forçado a andar muito mais longe do que jamais soubera que se *podia* andar, a Feiticeira finalmente parou em um vale escuro todo sombreado por abetos e teixos. Edmundo simplesmente afundou-se e ficou deitado de rosto para baixo, sem nada fazer e sem nem se importar com o que iria acontecer em seguida, contanto que o deixassem ali deitado e quieto. Estava muito cansado até para perceber o quanto tinha fome e sede. A Feiticeira e o anão conversavam bem ao lado dele, em voz baixa.

— Não — disse o anão — agora não adianta, ó Rainha. A esta altura, devem ter chegado à Mesa de Pedra.

— Quem sabe o lobo nos fareje e nos traga notícias — disse a Feiticeira.

— Não podem ser boas notícias se ele nos farejar — disse o anão.

— Quatro tronos em Cair Paravel — disse a Feiticeira. — E se apenas três forem preenchidos? Isso não iria satisfazer a profecia.

— Que diferença isso faria agora que *ele* está aqui? — disse o anão. Mesmo agora, ele não ousava mencionar o nome de Aslan para sua senhora.

— Pode ser que não fique por muito tempo. E então... nós avançaríamos contra os três em Cair.

— No entanto, poderia ser melhor — disse o anão — manter este — (e chutou Edmundo) — para negociar com ele.

— Sim! E para que o resgatem — disse a Feiticeira com desdém.

— Então — disse o anão — seria melhor fazermos logo o que temos de fazer.

— Gostaria de fazê-lo na própria Mesa de Pedra — disse a Feiticeira. — Esse é o lugar apropriado. É ali que sempre foi feito antes.

— Agora vai passar muito tempo até que a Mesa de Pedra seja usada corretamente outra vez — disse o anão.

— Verdade — disse a Feiticeira, e depois — bem, vou começar.

Naquele momento, com ímpeto e rosnando, um lobo veio correndo até eles.

— Eu os vi. Estão todos na Mesa de Pedra, com ele. Mataram meu capitão, Maugrim. Eu estava escondido nas moitas e vi tudo. Um dos Filhos de Adão o matou. Fujam! Fujam!

— Não — disse a Feiticeira. — A fuga não é necessária. Vá depressa. Convoque toda a nossa gente para me encontrar aqui o mais rápido possível. Chame os gigantes, os lobisomens e os espíritos das árvores que estão do nosso lado. Chame os carniçais, os abantesmas, os ogros e os minotauros. Chame os cruéis, as bruxas, os espectros e a gente dos cogumelos venenosos. Vamos lutar. O quê? Não tenho ainda minha varinha? As fileiras deles não vão se transformar em pedra enquanto avançam? Parta depressa, tenho uma coisinha para terminar aqui enquanto você está fora.

A grande fera inclinou a cabeça, virou-se e partiu a galope.

— Bem! — disse ela. — Não temos mesa, deixe-me ver. Seria melhor apoiá-lo em um tronco de árvore.

Edmundo viu-se rudemente obrigado a se pôr de pé. Então, o anão o colocou com as costas encostadas a uma árvore e o amarrou com firmeza. Ele viu a Feiticeira tirar o manto externo. Os braços dela estavam desnudos por baixo do manto e eram terrivelmente brancos. Por serem tão brancos, ele os conseguia ver, mas não via muito mais de tão escuro que estava naquele vale sob as árvores escuras.

— Prepare a vítima — disse a Feiticeira. O anão soltou o colarinho de Edmundo e dobrou sua camisa no pescoço. Então, pegou os cabelos de Edmundo e puxou sua cabeça para trás, de forma que ele teve de erguer o queixo. Depois disso, Edmundo ouviu um ruído estranho — bzz... bzz... bzz. Por um momento, não pôde pensar o que seria. Depois deu-se conta. Era o som de uma faca sendo afiada.

Naquele mesmo instante, ele ouviu gritos altos de todas as direções — um tamborilar de cascos e um bater de asas — um berro da Feiticeira — confusão à sua volta. E então percebeu que estava sendo desamarrado. Fortes braços o envolviam, e ele ouviu vozes grandes e bondosas dizendo coisas como: "Deixe-o se deitar — dê a ele um pouco de vinho — beba isto — agora fique firme — vai estar bem em um minuto".

Depois ouviu as vozes de pessoas que não falavam com ele, e sim umas com as outras. E diziam coisas como: "Quem pegou a Feiticeira?", "Pensei que você tinha pegado", "Eu não a vi depois que arranquei a faca da mão dela — eu estava perseguindo o anão — quer dizer que ela escapou?", "Não se pode cuidar de tudo ao mesmo tempo — o que é isso? Ah, lamento, é só um toco velho!". Mas, nesse exato instante, Edmundo caiu em um profundo desmaio.

Logo os centauros, unicórnios, cervos e pássaros (é claro que formavam o grupo de resgate que Aslan mandara no capítulo anterior) partiram todos de volta para a Mesa de Pedra, levando Edmundo consigo. Mas, se pudessem ter visto o que aconteceu naquele vale depois que se foram, creio que se surpreenderiam.

Fazia um perfeito silêncio, e logo a lua aumentou seu brilho; se você estivesse lá, poderia ter visto o luar iluminando um velho toco de árvore e uma rocha de bom tamanho. Mas, se continuasse a olhar, poderia gradativamente começar a pensar que havia algo esquisito com o toco e a rocha. Em seguida, pensaria que, de fato, o toco se parecia espantosamente com um homenzinho gordo agachado no chão. E, se ficasse bastante tempo observando, teria visto o toco caminhar na direção da rocha, a rocha sentar-se e começar a falar com o toco, pois, na verdade, o toco e a rocha eram simplesmente a Feiticeira e o anão. Pois fazia parte da magia dela ser capaz de fazer as coisas parecerem o que não são, e ela teve a presença de espírito de fazer isso no exato instante em que a faca lhe foi arrancada da mão. Ela ficara segurando a varinha, de forma que esta também permanecera em segurança.

Quando as outras crianças acordaram, na manhã seguinte (tinham dormido em pilhas de almofadas no pavilhão), a primeira coisa que ouviram — da Sra. Castor — foi que seu irmão tinha sido resgatado e trazido ao acampamento tarde da noite anterior; e que, naquele momento, estava com Aslan. Assim que tomaram o café da manhã, saíram todos e ali viram Aslan e Edmundo caminhando juntos na relva orvalhada, afastados do restante da corte. Não é preciso lhe contar (e ninguém jamais ouviu) o que Aslan estava dizendo, mas foi uma conversa que Edmundo nunca esqueceu. Quando os demais se aproximaram, Aslan se virou para encontrá-los, trazendo Edmundo consigo.

— Aqui está seu irmão — disse ele — e... não é necessário falar com ele sobre o que é passado.

Edmundo apertou as mãos de cada um dos demais, e disse a cada um "Sinto muito", e todos disseram "Está tudo bem". Então, todos quiseram muitíssimo dizer algo que deixasse bem claro que eram amigos dele outra vez — algo normal e natural — e é claro que ninguém conseguiu pensar em nada no mundo que pudessem dizer. Mas, antes que tivessem tempo de se sentir realmente constrangidos, um dos leopardos aproximou-se de Aslan e disse:

— Senhor, há um mensageiro do inimigo que solicita uma audiência.

— Que se aproxime — disse Aslan.

O leopardo foi embora e logo voltou conduzindo o anão da Feiticeira.

— Qual é sua mensagem, Filho da Terra? — perguntou Aslan.

— A Rainha de Nárnia e Imperatriz das Ilhas Solitárias deseja um salvo-conduto para vir falar-vos — disse o anão — sobre um assunto que é tão vantajoso para vós quanto para ela.

— Rainha de Nárnia, ora essa! — disse o Sr. Castor. — Que descaramento...

— Calma, Castor — disse Aslan. — Todos os nomes logo serão restituídos aos seus donos corretos. Enquanto isso, não discutiremos sobre eles. Diga à sua senhora, Filho da Terra, que lhe concedo salvo-conduto com a condição de que ela deixe sua varinha naquele grande carvalho.

Concordaram quanto a isso, e dois leopardos voltaram com o anão para garantirem que as condições fossem cumpridas corretamente.

— Mas e se ela transformar os dois leopardos em pedras? — sussurrou Lúcia para Pedro.

Penso que a mesma ideia ocorreu aos próprios leopardos; seja como for, enquanto andavam de volta, o pelo estava todo eriçado em suas costas e suas caudas estavam arrepiadas — como a de um gato quando vê um cão estranho.

— Vai ficar tudo bem — sussurrou Pedro em resposta. — Ele não os mandaria se não ficasse tudo bem.

Alguns minutos depois, a própria Feiticeira veio caminhando até o topo da colina, seguiu reto e se postou diante de Aslan. As três crianças que não a haviam visto antes sentiram calafrios descendo pelas costas ao fitarem seu rosto; e houve grunhidos baixos entre todos os animais presentes. Apesar de fazer clara luz do sol, todos sentiram frio de repente. As únicas duas pessoas presentes que pareciam estar bem à vontade eram Aslan e a própria Feiticeira. Foi a coisa mais curiosa ver aqueles dois rostos — o rosto dourado e o branco de morte — tão perto um do outro. Não que a Feiticeira olhasse exatamente nos olhos de Aslan; em especial, a Sra. Castor notou isso.

— Você tem um traidor aí, Aslan — disse a Feiticeira. É claro que todos os presentes sabiam que ela se referia a Edmundo. Mas Edmundo passara do ponto de pensar sobre si depois de tudo que sofrera e da conversa que tivera naquela manhã. Continuou apenas olhando para Aslan. Parecia que não importava o que a Feiticeira dissesse.

— Bem — disse Aslan. — A ofensa dele não foi contra você.

— Esqueceu-se da Magia Profunda? — perguntou a Feiticeira.

— Digamos que me esqueci dela — respondeu Aslan com gravidade. — Conte-nos sobre essa Magia Profunda.

— Contar-lhes? — perguntou a Feiticeira, cuja voz de súbito se tornou mais estridente. — Contar-lhes o que está escrito na própria Mesa de Pedra que está ao nosso lado? Contar-lhes o que está escrito em letras tão profundas quanto uma lança é longa, nas pedras de fogo na Colina

Secreta? Contar-lhes o que está gravado no cetro do Imperador-além-do-Mar? Você pelo menos sabe da magia que o Imperador colocou em Nárnia bem no início. Você sabe que todo traidor pertence a mim, como presa legal, e que para cada traição eu tenho o direito a um golpe de morte.

— Ah — disse o Sr. Castor —, então foi *assim* que você chegou a se imaginar rainha: porque era a carrasca do Imperador. Compreendo.

— Silêncio, Castor — disse Aslan, com um rosnado muito baixo.

— E assim — prosseguiu a Feiticeira — essa criatura humana é minha. Sua vida foi perdida para mim. Seu sangue é minha propriedade.

— Então venha tomá-lo — disse o touro com cabeça de homem, com uma grande voz de bramido.

— Seu tolo — disse a Feiticeira com um sorriso selvagem que era quase um rosnado —, pensa mesmo que seu mestre pode roubar meus direitos por mera força? Ele conhece bem a Magia Profunda. Sabe que, a não ser que eu tenha sangue como diz a lei, toda Nárnia será arruinada e perecerá em fogo e água.

— É bem verdade — disse Aslan. — Não o nego.

— Oh, Aslan! — cochichou Lúcia no ouvido do leão. — Não podemos... quero dizer, você não vai fazer isso, vai? Não podemos fazer algo a respeito da Magia Profunda? Não há algo que você possa fazer contra ela?

— Trabalhar contra a magia do Imperador? — disse Aslan, voltando-se para ela com uma espécie de carranca no rosto. E jamais ninguém voltou a sugerir isso a ele.

Edmundo estava do outro lado de Aslan, olhando para o rosto dele o tempo todo. Tinha uma sensação sufocante e se perguntava se deveria dizer algo, mas, no momento seguinte, sentiu que nada se esperava dele senão aguardar e fazer o que lhe mandavam.

— Afastem-se, todos vocês — disse Aslan — e falarei com a Feiticeira a sós.

Todos obedeceram. Aquele foi um tempo terrível — esperar e imaginar enquanto o leão e a Feiticeira conversavam a sério, em voz baixa. Lúcia disse: "Oh, Edmundo!", e começou a chorar. Pedro estava em pé, de costas para os demais, fitando o mar distante. Os castores seguravam as patas um do outro, com as cabeças inclinadas. Os centauros batiam os cascos, inquietos. Mas, no fim, todos ficaram completamente silenciosos, de modo que se notavam até sons fracos como um besouro passando, os pássaros no bosque lá embaixo ou o vento farfalhando nas folhas. E ainda continuava o diálogo entre Aslan e a Feiticeira Branca.

Por fim, ouviram a voz de Aslan. — Podem voltar todos — disse ele. — Resolvi a questão. Ela renunciou à reivindicação ao sangue de seu irmão. — E, em toda a colina, houve um ruído como se todos estivessem segurando a respiração e agora voltassem a respirar, e depois, um murmúrio de fala.

A Feiticeira acabava de se virar com uma expressão de feroz alegria no rosto quando parou e disse:

— Mas como vou saber que essa promessa será mantida?

— Rooo-a-arrr! — rugiu Aslan, meio erguendo-se do trono; e sua grande boca se escancarou cada vez mais e o rugido ficou cada vez mais alto, e a Feiticeira, olhando-o fixamente por um momento com os lábios bem afastados, apanhou as saias e correu para salvar sua vida.

14. O triunfo da FEITICEIRA

Assim que a Feiticeira se foi, Aslan disse: — Precisamos nos mudar deste lugar imediatamente, pois ele será necessário para outra finalidade. Devemos acampar esta noite nos Vaus de Beruna.

É claro que todos estavam morrendo de vontade de perguntar a ele como acertara as coisas com a Feiticeira, mas seu rosto estava severo e os ouvidos de todos ainda zumbiam com o som do seu rugido, de modo que ninguém se atreveu.

Após uma refeição que foi feita ao ar livre, no topo da colina (pois àquela altura o sol havia esquentado e secado a relva), ocuparam-se por algum tempo desmontando o pavilhão e embalando tudo. Antes das duas da tarde, estavam em marcha e partiram na direção nordeste, caminhando sossegadamente, pois não tinham de ir longe.

Durante a primeira parte da jornada, Aslan explicou a Pedro seu plano de campanha.

— Assim que ela tiver terminado seus afazeres por estes lados — disse ele —, a Feiticeira e seu bando quase certamente voltarão à casa dela e se prepararão para um cerco. Vocês poderão ou não ser capazes de interceptá-la e impedi-la de chegar lá.

Passou então a delinear dois planos de batalha — um para combater a Feiticeira e sua gente no bosque e outro para atacar seu castelo. E o tempo todo aconselhava Pedro sobre como conduzir as operações, dizendo coisas como: "Deve pôr seus centauros em tal e tal lugar", ou: "Deve postar batedores para ver se ela não faz isso e aquilo", até finalmente Pedro dizer:

— Mas você mesmo estará lá, Aslan.

— Não posso te dar promessa disso — respondeu o leão. E continuou a dar a Pedro duas instruções.

Na última parte da jornada, foram Susana e Lúcia que mais o viram. Ele não falava muito e parecia triste.

Ainda era de tarde quando desceram a um lugar em que o vale do rio se alargara, e o rio era amplo e raso. Eram os Vaus de Beruna, e Aslan deu ordens para se deterem daquele lado da água. Mas Pedro disse:

— Não seria melhor acamparmos do outro lado, pois ela poderá tentar um ataque noturno ou algo assim?

Aslan, que parecia estar pensando em outra coisa, animou-se com uma sacudidela da magnífica juba e disse:

— Hein? O que foi?

Pedro repetiu tudo outra vez.

— Não — disse Aslan com a voz abafada, como se isso não fizesse diferença. — Não. Ela não fará um ataque hoje à noite. — E então deu um suspiro profundo. Mas logo acrescentou: — Ainda assim, foi bem pensado. É assim que um soldado deve pensar. Mas realmente não faz diferença. — E, então, passaram a montar seu acampamento.

O humor de Aslan afetou a todos naquela noite. Pedro também se sentia desconfortável com a ideia de travar batalha sozinho; a notícia de que Aslan talvez não estivesse lá lhe viera como um grande choque. O jantar daquela noite foi uma refeição silenciosa. Todos sentiam quanto fora diferente na noite anterior, ou mesmo naquela manhã. Era como se os bons tempos, que tinham justamente começado, já estivessem terminando.

Essa sensação tanto afetou Susana que ela não conseguiu dormir quando foi para a cama. Depois de ficar deitada contando carneiros e virando-se de lá para cá, ouviu Lúcia dando um longo suspiro e virando-se bem ao lado dela na escuridão.

— Você também não consegue dormir? — perguntou Susana.

— Não — respondeu Lúcia. — Pensei que você estivesse dormindo. Puxa vida, Susana!

— O quê?

— Estou com uma sensação bem horrível, como se alguma coisa estivesse suspensa sobre nós.

— Está? Na verdade, eu também.

— Alguma coisa com Aslan — disse Lúcia. — Ou é alguma coisa pavorosa que vai lhe acontecer, ou é algo pavoroso que ele vai fazer.

— Havia algo de errado com ele a tarde toda — disse Susana. — Lúcia! O que foi aquilo que ele disse sobre não estar conosco na batalha? Você não acha que ele poderá sair de fininho e nos abandonar esta noite, acha?

— Onde ele está agora? — perguntou Lúcia. — Está aqui no pavilhão?

— Acho que não.

— Susana! Vamos sair e olhar em volta. Talvez possamos vê-lo.

— Muito bem. Vamos — disse Susana. — Melhor fazer isso que ficarmos aqui deitadas acordadas.

Muito silenciosamente, as duas meninas saíram tateando entre os demais, que dormiam, e se esgueiraram para fora da tenda. O luar estava claro e tudo estava muito silencioso, exceto pelo ruído do rio que chapinhava sobre as pedras. Então, Susana agarrou o braço de Lúcia de repente e disse:

— Olhe! — Do lado oposto do acampamento, bem onde começavam as árvores, viram o leão, que lentamente se afastava delas na direção do bosque. Sem uma palavra, ambas o seguiram.

Ele as conduziu pela íngreme ladeira que saía do vale do rio, depois para a direita — aparentemente pela mesma rota que haviam percorrido naquela tarde, vindos da colina da Mesa de Pedra. Conduziu-as adiante e adiante, entrando em sombras escuras e saindo para o pálido luar, fazendo com que seus pés se molhassem com o orvalho espesso. Parecia um tanto diferente do Aslan que conheciam. Sua cauda e sua cabeça pendiam baixas, e ele andava devagar, como se estivesse muito, muito cansado. Então, quando atravessavam um amplo lugar aberto onde não havia sombras para se esconderem, ele parou e olhou em torno. Não adiantava correr para longe, de modo que elas se aproximaram dele. Quando estavam mais perto, ele disse:

— Ah, filhinhas, filhinhas, por que estão me seguindo?

— Não conseguíamos dormir — disse Lúcia, depois teve certeza de que não precisava dizer mais e de que Aslan sabia tudo que estiveram pensando.

— Por favor, podemos ir com você, aonde quer que esteja indo? — perguntou Susana.

— Bem... — disse Aslan, e parecia estar pensando. Então disse: — Eu ficaria contente de ter companhia esta noite. Sim, podem vir, se me prometerem parar quando eu mandar, e depois disso me deixarem seguir sozinho.

— Oh, obrigada, obrigada. Faremos isso — disseram as duas meninas.

Seguiram adiante outra vez, e as meninas andavam uma de cada lado do leão. Mas como ele andava devagar! E sua grande cabeça régia pendia de modo que o nariz quase tocava a relva. Logo depois ele tropeçou e deu um gemido baixo.

— Aslan! Querido Aslan! — disse Lúcia. — O que há de errado? Não pode nos contar?

— Está doente, querido Aslan? — perguntou Susana.

— Não — disse Aslan. — Estou triste e solitário. Ponham as mãos sobre minha juba para eu poder sentir que estão aí, e vamos caminhar assim.

E assim as meninas fizeram o que jamais teriam se atrevido a fazer sem sua permissão, mas que tinham ansiado por fazer desde a primeira vez que o viram: enterraram as mãos frias no lindo mar de pelos e o acariciaram, e, fazendo isso, caminharam com ele. E logo viram que estavam subindo com ele a ladeira da colina onde se erguia a Mesa de Pedra. Subiram pelo lado em que as árvores iam mais alto e, quando chegaram à última árvore (era uma que tinha alguns arbustos em volta), Aslan parou e disse:

— Oh, filhinhas, filhinhas. Aqui vocês precisam parar. E não importa o que aconteça, não se deixem ver. Adeus.

E ambas as meninas choraram amargamente (apesar de mal saberem por que), se agarraram ao leão, beijaram sua juba, seu focinho, suas patas e seus grandes olhos tristes. Então ele se afastou delas e saiu caminhando para o topo da colina. E Lúcia e Susana, agachadas nos arbustos, ficaram olhando para ele, e foi isto que viram.

Uma grande multidão de pessoas estava de pé em toda a volta da Mesa de Pedra, e, apesar de a lua estar brilhando, muitos deles traziam tochas que queimavam com chamas vermelhas de aspecto maligno e fumaça negra. Mas que pessoas! Ogros com dentes monstruosos, lobos, homens de cabeça de touro, espíritos de árvores más e plantas venenosas e outras criaturas que não descreverei porque, se o fizer, os adultos provavelmente não permitirão que você leia este livro: cruéis, bruxas, íncubos, espectros, horrores, ifrites, sprites, orcnis, wuzes e étins. Na verdade, encontravam-se ali todos os que estavam do lado da Feiticeira e que o lobo convocara a comando dela. E bem no meio, de pé junto à Mesa, estava a própria Feiticeira.

Um uivo e uma algaravia de consternação se ergueram das criaturas quando avistaram o grande leão caminhando em sua direção e, por um momento, a própria Feiticeira parecia estar tomada pelo medo. Então, ela se recuperou e soltou um riso selvagem e feroz.

— O tolo! — exclamou ela. — O tolo chegou. Amarrem-no firme.

Lúcia e Susana seguraram a respiração, esperando o rugido de Aslan e seu salto sobre os inimigos. Mas isso não aconteceu. Quatro bruxas, com sorrisos arreganhados e olhando de soslaio, mas também (no início) hesitantes e meio temerosas do que tinham de fazer, haviam chegado perto dele.

— Amarrem-no, eu disse! — repetiu a Feiticeira Branca.

As bruxas se precipitaram sobre ele e guincharam em triunfo quando descobriram que não oferecia nenhuma resistência. Então, outros — anões e macacos malvados — vieram correndo para ajudá-las, e juntos rolaram o enorme leão de costas e amarraram juntas as quatro patas, gritando e dando vivas como se tivessem feito algo corajoso, se bem que, caso o leão decidisse, uma daquelas patas poderia matar a todos. Mas ele não fez um ruído, nem mesmo quando os inimigos, esticando e repuxando, tanto apertaram as cordas que elas lhe feriram a carne. Então começaram a arrastá-lo para a Mesa de Pedra.

— Parem! — disse a Feiticeira. — Que ele seja tosado primeiro.

Outro rugido de riso malévolo se ergueu dos seus seguidores quando um ogro com uma tesoura se adiantou e se agachou junto à cabeça de Aslan. Tchic-tchic-tchic, a tesoura cortou e massas de ouro cacheado começaram a cair ao chão. Então o ogro recuou, e as crianças, observando de seu esconderijo, puderam ver o rosto de Aslan parecendo todo pequeno e diferente sem a juba. Também os inimigos viram a diferença.

— Ora, afinal ele é só um gato grande! — exclamou um deles.

— É *disso* que estávamos com medo? — disse outro.

E circulavam em torno de Aslan, zombando dele, dizendo coisas como: "Bichano, bichano! Pobre bichinho", "Quantos ratos pegou hoje, gato?" e "Quer um pires de leite, gatinho?".

— Oh, como *podem* fazer isso? — disse Lúcia, com lágrimas escorrendo pela face. — Monstros, monstros! — Pois agora que o primeiro choque passara, o rosto tosado de Aslan lhe parecia mais corajoso, mais belo e mais paciente que nunca.

— Amordacem-no! — disse a Feiticeira. E, mesmo então, quando se ocupavam em colocar a mordaça em seu rosto, uma mordida das suas mandíbulas teria custado as mãos de dois ou três deles. Contudo, ele não se mexeu. E isso pareceu enfurecer toda aquela ralé. Agora todos estavam sobre ele. Os que tiveram medo de se aproximar dele mesmo depois de amarrado começaram a encontrar sua coragem e, por alguns minutos, as duas meninas nem conseguiram vê-lo — de tão cercado que estava por toda a multidão de criaturas que o chutavam, batiam, cuspiam, zombavam.

Por fim, a ralé se fartou daquilo. Começaram a arrastar o leão, amarrado e amordaçado, até a Mesa de Pedra, alguns puxando e outros empurrando. Era tão enorme que, mesmo quando conseguiram carregá-lo, precisaram de todos os esforços para alçá-lo até a superfície. Houve então mais amarração e aperto de cordas.

— Covardes! Covardes! — soluçava Susana. — *Ainda* estão com medo dele, mesmo agora?

Uma vez que Aslan estava amarrado (de tal modo que formava uma massa de cordas) na pedra plana, um silêncio caiu sobre a multidão. Quatro bruxas, segurando quatro tochas, puderam-se de pé nos cantos da mesa. A Feiticeira desnudou os braços como os desnudara na noite anterior, quando tinha Edmundo em vez de Aslan. Em seguida, começou a afiar a faca. Às crianças pareceu, quando o brilho da luz das tochas caiu sobre ela, que a faca era feita de pedra, não de aço, e tinha uma forma estranha e maligna.

Por fim, ela se aproximou. Postou-se junto à cabeça de Aslan. O rosto dela se movia e contorcia de paixão, mas o dele olhava para o céu, sempre tranquilo, nem raivoso, nem temeroso, mas um pouco triste. Então, logo antes de desferir o golpe, ela se inclinou e disse em voz trêmula:

— E agora, quem ganhou? Tolo, pensou que com tudo isso iria salvar o humano traidor? Agora eu matarei você no lugar dele, de acordo com nosso pacto, e assim a Magia Profunda será aplacada. Mas, quando você estiver morto, o que me impedirá de matar o outro também? E então *quem* o tirará de minha mão? Compreenda que me deu Nárnia para sempre, perdeu sua própria vida e não salvou a dele. Sabendo disso, desespere-se e morra.

As crianças não viram o momento mesmo do assassinato. Não suportavam olhar e tinham tapado os olhos.

15. Magia ainda mais profunda de ANTES da alvorada do tempo

Enquanto as duas meninas ainda estavam agachadas nos arbustos com as mãos sobre o rosto, ouviram a voz da Feiticeira, que exclamava:

— Agora! Sigam-me todos, e vamos nos empenhar no que resta desta guerra! Não levaremos muito tempo para esmagar os vermes humanos e os traidores agora que o grande tolo, o grande gato, jaz morto.

Naquele momento, por alguns segundos, as crianças correram grande perigo. Pois, com gritos selvagens e um barulho de guinchos de apitos e sopro de trombetas estridentes, toda aquela ralé vil veio de roldão, deixando o topo da colina e descendo a ladeira bem perto do esconderijo delas. Sentiram os espectros passando como um vento frio e sentiram o chão tremendo sob elas com os pés galopantes dos minotauros; e, no alto, passou uma revoada de asas imundas e um negror de abutres e morcegos gigantes. Em qualquer outro momento, teriam estremecido de medo, mas agora a tristeza, a vergonha e o horror da morte de Aslan lhes preenchiam tanto a mente que mal pensaram nisso.

Assim que o bosque silenciou outra vez, Susana e Lúcia se esgueiraram para o topo aberto da colina. A lua descia e nuvens delgadas passavam sobre ela, mas ainda podiam ver a forma do leão jazendo morto em suas amarras. Ambas se ajoelharam na relva molhada, beijaram seu rosto frio e acariciaram seu belo pelo — o que restava dele — e choraram até não poderem mais chorar. E então se entreolharam e seguraram as mãos em pura solidão, e choraram de novo; e depois fizeram silêncio outra vez. Por fim, Lúcia disse:

— Não suporto olhar essa horrível mordaça. Será que podemos tirá-la?

E tentaram. Após muito trabalho (pois seus dedos estavam frios e já era a parte mais escura da noite), tiveram êxito. Quando viram o rosto dele sem a mordaça, começaram a chorar de novo e o beijaram, afagaram, limparam o sangue e a espuma da melhor maneira possível. Tudo era mais solitário, desesperador e horrendo do que consigo descrever.

— Será que podemos desamarrá-lo também? — disse Susana, depois de algum tempo. Mas os inimigos, de pura maldade, haviam apertado tanto as cordas que as meninas não tiveram êxito com os nós.

Espero que ninguém que leia este livro tenha estado tão infeliz quanto Susana e Lúcia naquela noite; mas se esteve — se passou toda a noite acordado e chorou até não lhe restarem mais lágrimas — saberá que, no fim, vem uma espécie de quietude. Sentimos como se nunca mais fosse acontecer nada. De qualquer modo, foi essa a sensação que as duas tiveram. Horas e horas pareceram passar naquela calma morta, e mal perceberam que estavam ficando cada vez com mais frio. Enfim, Lúcia percebeu duas outras coisas. Uma foi que o céu do lado leste da colina estava um pouco menos escuro do que estivera uma hora antes. A outra foi um minúsculo movimento na relva a seus pés. Primeiro, não se interessou por ele. O que importava? Nada importava agora! Mas, por fim, ela viu que o-que-quer-que-fosse tinha começado a subir pelas pedras verticais da Mesa de Pedra. E agora o-que-quer-que-fosse estava se mexendo por cima do corpo de Aslan. Eram serezinhos cinzentos.

— Ugh! — disse Susana do outro lado da Mesa. São camundonguinhos horrendos rastejando sobre ele. Vão embora, monstrinhos. — E ergueu a mão para enxotá-los.

— Espere! — disse Lúcia, que os olhara ainda mais de perto. — Pode ver o que estão fazendo?

As duas meninas se inclinaram e observaram.

— Eu acho... — disse Susana. — Mas que estranho! Estão roendo as cordas!

— Foi isso que pensei — disse Lúcia. — Acho que são camundongos amigos. Coitadinhos, não se dão conta de que ele está morto. Pensam que farão algum bem o desamarrando.

Definitivamente já estava mais claro. Cada uma das meninas notou pela primeira vez o rosto branco da outra. Podiam ver os camundongos roendo; dúzias e dúzias, até centenas, de camundonguinhos do campo. E por fim, uma a uma, todas as cordas haviam sido rompidas.

No leste, o céu já estava esbranquiçado e as estrelas brilhavam mais fracas — todas, exceto uma muito grande e baixa no horizonte oriental. Sentiam mais frio do que haviam sentido durante toda a noite. Os camundongos engatinharam para longe outra vez.

As meninas removeram os restos das cordas roídas. Aslan se parecia mais com ele mesmo sem elas. A cada instante que passava, seu rosto morto parecia mais nobre, à medida que a luz aumentava e elas podiam vê-lo melhor.

No bosque atrás delas, um pássaro fez um som de cacarejo. Fizera tanto silêncio por horas e horas que as sobressaltou. Então, outro pássaro lhe respondeu. Logo havia pássaros cantando em toda a parte.

Definitivamente, era o começo da manhã, não o fim da noite.

— Estou com tanto frio — disse Lúcia.

— Eu também — disse Susana. — Vamos caminhar um pouco por aí.

Caminharam até a beira oriental da colina e olharam para baixo. A grande estrela solitária quase desaparecera. Toda a região parecia cinza-escuro, mas, além, no próprio fim do mundo, o mar se mostrava pálido. O céu começou a se tornar vermelho. Andaram para lá e para cá mais vezes do que conseguiram contar, entre o Aslan morto e a encosta do leste, tentando manter-se aquecidas; e, oh, como suas pernas estavam cansadas! Então, estando elas paradas por um instante olhando na direção do mar e de

Cair Paravel (que agora mal conseguiam distinguir), o vermelho se tornou ouro ao longo da linha em que o mar e o céu se encontravam, e muito lentamente veio subindo a borda do sol. Naquele instante, ouviram atrás de si um ruído alto — um grande ruído ensurdecedor de estalo, como se um gigante tivesse quebrado um prato de gigante.

— O que é isso? — indagou Lúcia, agarrando-se ao braço de Susana.

— Eu... eu estou com medo de me virar — disse Susana. — Algo pavoroso está acontecendo.

— Estão fazendo algo pior com *ele* — disse Lúcia. — Venha! — E deu a volta, puxando Susana para vir com ela.

O nascer do sol fizera tudo parecer tão diferente — todas as cores e sombras estavam mudadas — que, por um segundo, não viram o que era importante. Então viram. A Mesa de Pedra se partira em dois pedaços com uma grande rachadura que a percorria de um lado a outro e Aslan não estava mais lá.

— Oh, oh, oh! — exclamaram as duas meninas, correndo de volta à Mesa.

— Oh, é *muito* ruim — soluçou Lúcia — podiam ter deixado o corpo em paz.

— Quem fez isso? — exclamou Susana. — O que quer dizer? É magia?

— Sim! — disse uma grande voz atrás das costas delas. — É mais magia. — Olharam em volta. Ali, brilhando ao nascer do sol, maior do que o haviam visto antes, sacudindo a juba (pois, aparentemente, crescera de novo), estava de pé o próprio Aslan.

— Oh, Aslan! — exclamaram as duas crianças, fitando-o, quase tão assustadas quanto contentes.

— Então não está morto, querido Aslan? — disse Lúcia.

— Agora, não — disse Aslan.

— Você não é... não é...? — perguntou Susana com a voz trêmula. Não conseguia se obrigar a dizer a palavra *fantasma*. Aslan baixou a cabeça dourada e lambeu a testa dela. O calor de seu hálito e uma espécie de aroma profundo que lhe parecia permear o pelo a envolveram toda.

— Pareço? — disse ele.

— Oh, você é de verdade, você é de verdade! Oh, Aslan! — exclamou Lúcia, e as duas meninas se jogaram sobre ele e o cobriram de beijos.

— Mas o que significa tudo isso? — perguntou Susana quando estavam um tanto mais calmas.

— Significa — disse Aslan — que, apesar de a Feiticeira conhecer a Magia Profunda, existe uma magia ainda mais profunda que ela não conhecia. O conhecimento dela remonta apenas à alvorada do tempo. Mas, se ela pudesse olhar um pouco mais para o passado, para o silêncio e a escuridão antes que o tempo alvorecesse, teria lido ali um encantamento diferente. Teria sabido que, quando uma vítima voluntária que não cometeu traição fosse morta no lugar de um traidor, a Mesa iria se fender e a própria morte começaria a funcionar de trás para diante. E agora...

— Ah, sim. Agora? — disse Lúcia, saltando e batendo palmas.

— Ah, crianças — disse o leão —, sinto que minha força está voltando. Ah, crianças, apanhem-me se puderem! — Ficou parado por um segundo, de olhos muito brilhantes, com os membros palpitando, açoitando-se com a cauda. Depois deu um salto, muito acima das cabeças delas, e pousou do lado oposto da Mesa. Rindo, mas sem saber por que, Lúcia escalou por cima dela para alcançá-lo. Aslan saltou outra vez. Começou uma perseguição doida. Ele as levou ao redor do topo da colina, sempre ao redor, ora irremediavelmente fora do alcance delas, ora deixando-as quase pegar sua cauda, ora mergulhando bem no meio delas, ora lançando-as no ar com suas patas enormes e lindamente aveludadas e voltando a apanhá-las, e ora parando inesperadamente de forma que todos os três rolassem juntos em um alegre e risonho monte de pelos, braços e pernas. Foi uma brincadeira como ninguém jamais participou, exceto em Nárnia; e Lúcia nunca conseguiu se decidir se era mais semelhante a brincar com uma tempestade ou com um gatinho. O engraçado foi que, quando todos os três finalmente estavam deitados juntos, ofegantes ao sol, as meninas não se sentiam mais nem um pouco cansadas nem famintas nem sedentas.

— E agora — disse Aslan algum tempo depois — vamos ao que interessa. Sinto que vou rugir. Seria bom vocês porem os dedos nas orelhas.

Assim o fizeram. E Aslan se pôs de pé e, quando abriu a boca para rugir, seu rosto de tornou tão terrível que não se atreveram a olhar para ele. E viram todas as árvores diante dele se dobrarem diante do impacto do seu rugido, como a relva se curva em um prado diante do vento. Então ele disse:

— Temos um longo caminho a percorrer. Vocês precisam montar em mim. — Agachou-se, e as crianças montaram em seu lombo morno e dourado. Susana sentou-se primeiro, segurando-se firme à sua juba, e Lúcia sentou-se atrás, segurando firme a Susana. Com um grande arremesso, Aslan se levantou embaixo delas e saiu em disparada, mais rápido do que qualquer cavalo seria capaz, descendo o declive e entrando na parte mais fechada do bosque.

Aquela corrida foi provavelmente a coisa mais maravilhosa que lhes aconteceu em Nárnia. Você alguma vez galopou em um cavalo? Pense nisso e depois subtraia o ruído pesado dos cascos e o tilintar do freio, e imagine no lugar a batida quase silenciosa das grandes patas. Depois imagine, em vez do lombo negro ou cinzento ou castanho do cavalo, a aspereza macia de pelos dourados, e a juba voando para trás, levada pelo vento. E depois imagine que você está se movendo umas duas vezes mais depressa que o mais veloz cavalo de corrida. Mas aquela é uma montaria que não precisa ser guiada e nunca se cansa. Corre avante, sempre avante, sem jamais errar o passo, sem jamais hesitar, serpenteando com perfeita habilidade entre os troncos das árvores, saltando sobre arbustos, espinheiros e os rios menores, atravessando os maiores, nadando nos maiores de todos. E você está cavalgando não em uma estrada nem em um parque, nem mesmo nas colinas, e sim percorrendo Nárnia, na primavera, descendo por solenes alamedas de faias e cruzando clareiras ensolaradas de carvalhos, através de pomares selvagens de cerejeiras brancas como a neve, passando por cascatas estridentes, rochas cobertas de musgo e cavernas ecoantes, subindo por encostas ventosas iluminadas por touceiras de tojos, pelos montes com urzes, ao longo de cristas e morros estonteantes, e outra vez descendo, descendo, descendo por vales selvagens e saindo para prados de flores azuis.

Era quase meio-dia quando se viram olhando de cima, desde uma encosta íngreme, para um castelo — aparentemente, um castelinho de brinquedo visto de onde eles se encontravam — que parecia ser só torres pontiagudas. Mas o leão corria morro abaixo a tal velocidade que se tornava maior a cada momento, e, antes que tivessem tempo de se perguntar o que seria, já estavam no mesmo nível que ele. E agora não se parecia mais com um castelo de brinquedo, mas erguia-se severo diante deles. Nenhum rosto espiava sobre as ameias, e os portões estavam bem fechados. E Aslan, sem reduzir o passo nem um pouco, corria em sua direção direto como uma bala.

— A casa da Feiticeira! — exclamou ele. — Agora, crianças, segurem firme!

Em seguida, o mundo todo pareceu virar de cabeça para baixo e as crianças se sentiram como se tivessem deixado sua parte interior, pois o leão se concentrara para um salto maior que qualquer outro que já dera, e pulou — poderíamos dizer que voou — direto por cima do muro do castelo. As duas meninas, sem fôlego, porém ilesas, viram-se caindo do lombo dele para o meio de um amplo pátio de pedra repleto de estátuas.

16. O que **aconteceu** com as ESTÁTUAS

— Que lugar extraordinário! — exclamou Lúcia. — Todos esses animais de pedra, e pessoas também! É... como um museu.

— Quieta — disse Susana. — Aslan está fazendo alguma coisa.

De fato, estava. Ele dera um salto até o leão de pedra e soprado nele. Então, sem esperar um momento, ele rodopiou — quase como se fosse um gato perseguindo o próprio rabo — e soprou também no anão de pedra, que (como você recorda) estava de pé a poucos metros do leão, de costas para ele. Então saltou até uma alta dríade de pedra que estava atrás do anão, virou de lado rapidamente para lidar com um coelho de pedra à sua direita, e seguiu correndo até dois centauros. Naquele instante, Lúcia disse:

— Oh, Susana! Olhe! Olhe o leão.

Imagino que você já tenha visto alguém levar um fósforo aceso a um pedaço de jornal que está apoiado sobre uma grade, posicionada em uma fogueira apagada. Por um segundo, nada parece acontecer, então você percebe uma minúscula risca de chama esgueirando-se ao longo da beira do jornal. Foi assim que aconteceu naquele momento. Um segundo depois de Aslan soprar nele, o leão de pedra não mudou de aparência. Depois uma minúscula risca de ouro começou a percorrer seu lombo de mármore — espalhando-se — e a cor pareceu lambê-lo todo, como a chama lambe todo um pedaço de papel — depois, enquanto sua traseira ainda era obviamente de pedra, o leão sacudiu a juba e todas as pesadas dobras de pedra cascatearam em pelos viventes. Aí ele abriu uma grande boca vermelha, quente e viva, e deu um bocejo prodigioso. Então, suas pernas traseiras haviam recuperado a vida. Ele ergueu uma delas e se coçou. Depois, tendo avistado Aslan, saiu atrás dele aos saltos e deu cambalhotas ao seu redor, ganindo de deleite e pulando para lamber seu rosto.

É claro que os olhos das crianças seguiram o leão, mas a visão que tiveram foi tão maravilhosa que logo se esqueceram *dele*. Em toda a parte, as estátuas estavam adquirindo vida. O pátio não parecia mais um museu; parecia mais um zoológico. Criaturas corriam atrás de Aslan e dançavam em torno dele até ele ficar quase oculto na multidão. Em vez daquele branco mortal, agora o pátio era um fulgor de cores: lustrosos flancos castanhos de centauros; chifres índigo de unicórnios; plumagem deslumbrante de aves; marrom avermelhado de raposas, cães e sátiros; meias amarelas e capuzes carmesim de anões; meninas-bétulas de verde fresco e transparente; meninas-lariços de um verde tão intenso que era quase amarelo. E, em vez do silêncio mortal, o lugar inteiro ressoava com o som de felizes rugidos, zurros, ganidos, latidos, guinchos, arrulhos, relinchos, patadas, gritos, hurras, canções e risos.

— Oh — exclamou Susana em tom diferente. — Olhe! Eu me pergunto... quero dizer, é seguro?

Lúcia olhou e viu que Aslan acabara de soprar nos pés do gigante de pedra.

— Está tudo bem! — gritou Aslan, jubiloso. — Uma vez que os pés estejam consertados, todo o restante virá em seguida.

— Não foi exatamente isso que eu quis dizer — cochichou Susana para Lúcia. Mas já era tarde demais para fazer qualquer coisa a respeito, mesmo que Aslan a escutasse. A transformação já engatinhava, subindo pelas pernas do gigante. Agora ele mexia os pés. Um momento depois ergueu a clava do ombro, esfregou os olhos e disse:

— Ora essa! Devo ter adormecido. Bem! Onde está aquela maldita Feiticeirinha que estava correndo pelo chão? Estava em algum lugar bem junto dos meus pés.

Mas, quando todos gritaram para ele, lá em cima, explicando o que realmente acontecera, e quando o gigante pôs a mão na orelha, e fez com que repetissem tudo outra vez para finalmente compreendê-los, inclinou-se até a cabeça não ficar mais alta que o topo de um palheiro, e repetidas vezes encostou a mão no gorro diante de Aslan, com um largo sorriso em todo o seu rosto honesto e feio. (Hoje em dia, gigantes de qualquer tipo são tão raros na Inglaterra, e tão poucos gigantes têm boa índole, que aposto que você jamais viu um com um largo sorriso. É uma visão que vale muito a pena.)

— Agora vamos ao interior desta casa! — disse Aslan. — Mexam-se, todos. Escada acima e escada abaixo e no aposento da senhora! Não deixem nenhum canto escapar. Nunca se sabe onde algum pobre prisioneiro pode estar escondido.

E correram todos para dentro e, por vários minutos, todo aquele castelo escuro, horrível e abafado ecoou com janelas sendo abertas e as vozes de todos exclamando ao mesmo tempo: "Não esqueçam as masmorras — Dê uma mão com esta porta! — Aqui tem mais uma escadinha em espiral — Ah! Que coisa! Aqui tem um canguru, coitado.

Chame Aslan — Eca! Que cheiro aqui dentro — Cuidado com os alçapões — Aqui em cima! Tem muitos outros no patamar! Mas o melhor de tudo foi quando Lúcia veio correndo escadaria acima, gritando:

—Aslan! Aslan! Encontrei o Sr. Tumnus. Ah, venha depressa.

Logo depois, Lúcia e o pequeno fauno estavam dando-se ambas as mãos e dançando de alegria ao redor. O rapazinho não tinha sofrido por ter virado estátua e, obviamente, estava muito interessado em tudo o que ela tinha para lhe contar.

Finalmente estava terminada a revista da fortaleza da Feiticeira. Todo o castelo estava vazio, com todas as portas e janelas abertas, e a luz e o doce ar da primavera entrando aos borbotões em todos os lugares escuros e malignos que tanto precisavam deles. Toda a multidão de estátuas libertadas voltou como uma onda ao pátio. Foi então que alguém (Tumnus, eu acho) disse pela primeira vez:

— Mas como vamos sair? — pois Aslan entrara de um salto e os portões ainda estavam trancados.

— Isso será resolvido — disse Aslan; e depois, erguendo-se nas pernas traseiras, berrou para o gigante lá no alto.

— Ei! Você aí em cima — rugiu ele. — Qual é o seu nome?

— Gigante Rumbo-bufo, se Vossa Excelência permite — disse o gigante, encostando a mão no gorro outra vez.

— Então, muito bem, gigante Rumbobufo — disse Aslan —, tire-nos daqui, por favor.

— Com certeza, Excelência. Será um prazer — disse o gigante Rumbobufo. — Fiquem bem longe dos portões, pequeninos. — Então ele foi até o portão a passos largos, e bam-bam-bam — e o golpeou com sua enorme clava. Os portões rangeram ao primeiro golpe, racharam ao segundo e estremeceram ao terceiro. Então ele atacou as torres de ambos os lados e, após alguns minutos de batidas e baques, as torres e uma boa parte das muralhas de ambos os lados despencaram com um estrondo em uma massa de escombros irrecuperáveis. Quando a poeira baixou, foi estranho, de dentro daquele pátio seco, sinistro e pedregoso, enxergar, pela brecha, a relva, as árvores ondulantes, os riachos brilhantes do bosque, as colinas azuis distantes e o céu além delas.

— Diacho, agora estou todo suadão — disse o gigante, bufando como uma grande locomotiva. — É o que dá estar fora de forma. Imagino que nenhuma das jovenzinhas tenha um lenço aí, tem?

— Tenho, sim — disse Lúcia, pondo-se na ponta dos pés e estendendo seu lenço para cima, até onde alcançava.

— Obrigado, senhorita — disse o gigante Rumbobufo, agachando-se. Em seguida, Lúcia ficou muito assustada, pois viu-se apanhada em pleno ar, entre o dedo e o polegar do gigante. Mas, bem quando ela se aproximava do rosto dele, teve um sobressalto e a pôs suavemente de volta no chão, resmungando:

— Ora essa! O que peguei foi a menininha. Peço desculpas, senhorita, pensei que você *era* o lenço!

— Não, não — disse Lúcia, rindo — aqui está ele! Daquela vez, conseguiu pegá-lo, mas, para ele, era só mais ou menos do tamanho que um comprimido de adoçante teria para você, de modo que, quando viu que o esfregava solenemente para lá e para cá, por toda a carantonha vermelha, Lúcia disse:

— Acho que não tem muita utilidade para você, Sr. Rumbobufo.

— Nem um pouco. Nem um pouco — disse o gigante, educadamente. — Nunca encontrei um lenço mais bonito, tão fino, tão útil. Tão... não sei como descrever.

— Que gigante simpático esse! — disse Lúcia ao Sr. Tumnus.

— Ah, sim — retrucou o fauno. — Todos os Bufos sempre foram assim. Uma das mais respeitadas de todas as famílias de gigantes de Nárnia. Talvez não muito espertos (nunca conheci um gigante que fosse), mas uma família antiga. Com tradição, sabe? Se ele fosse do outro tipo, ela nunca o teria transformado em pedra.

Nesse ponto, Aslan bateu as patas e pediu silêncio.

— Nosso trabalho de hoje ainda não terminou — disse ele — e, se quisermos afinal derrotar a Feiticeira antes da hora de dormir, precisamos ir ao encontro da batalha imediatamente.

— E nos juntar a ela, espero, senhor! — acrescentou o maior dos centauros.

— É claro — disse Aslan. — E agora! Os que não conseguirem acompanhar, isto é, crianças, anões e animais pequenos, precisam montar no lombo dos que conseguem, isto é, leões, centauros, unicórnios, cavalos, gigantes e águias. Os que são bons de nariz precisam vir na frente conosco, os leões, para farejarem onde está a batalha. Animem-se e agrupem-se.

Com muita agitação e vivas, foi o que fizeram. O mais contente de todos era o outro leão, que corria por toda a parte fingindo estar muito ocupado, mas dizia a todos que encontrava:

— Ouviu o que ele disse? *Nós, os leões*. Isso quer dizer ele e eu. *Nós, os leões*. É disso que eu gosto em Aslan. Sem tomar partido, sem reserva. *Nós, os leões*. Em outras palavras, ele e eu.

Pelo menos ficou dizendo isso até Aslan colocar três anões, uma dríade, dois coelhos e um ouriço em cima dele. Isso o acalmou um pouco.

Quando estavam todos prontos (na verdade, foi um grande cão pastor que mais ajudou Aslan a arranjá-los na ordem certa), partiram através da brecha na muralha do castelo. Primeiro, os leões e os cães saíram farejando em todas as direções. De repente, um grande sabujo pegou o faro e soltou um uivo. Depois disso, não houve tempo a perder. Logo todos os cães, leões, lobos e outros animais caçadores estavam correndo a toda, com os focinhos no chão, e todos os demais, espalhados por cerca de um quilômetro atrás deles, os seguiam o mais depressa que podiam. O barulho era como de uma caçada à raposa na Inglaterra, só que melhor, porque de tanto em tanto misturavam-se à música dos sabujos o rugido do outro leão e às vezes o rugido, muito mais profundo e mais medonho, do próprio Aslan. Avançaram cada vez mais depressa à medida que o faro se tornava cada vez mais fácil de seguir. Então, bem quando chegavam à última curva em um vale estreito e tortuoso, Lúcia ouviu por cima de todos esses ruídos um outro ruído — um diferente, que lhe deu uma sensação estranha por dentro. Era um ruído de brados e gritos agudos e do choque de metal contra metal.

Então, saíram do vale estreito e de pronto viu a causa. Ali estavam Pedro, Edmundo e todo o resto do exército de Aslan combatendo desesperados a multidão de criaturas horríveis que ela vira na noite anterior, mas agora, à luz do dia, pareciam ainda mais estranhas, malvadas e deformadas. Também parecia haver muito mais delas. O exército de Pedro — que estava de costas para ela — parecia ser terrivelmente menor. E havia estátuas espalhadas por todo o campo de batalha, de modo que, aparentemente, a Feiticeira estivera usando sua varinha. Mas, naquele instante, ela não parecia usá-la. Lutava com sua faca de pedra contra Pedro, ambos tão empenhados que Lúcia mal conseguia discernir o que estava acontecendo — só via a faca de pedra e a espada de Pedro reluzindo tão depressa que pareciam ser três facas e três espadas. Os dois estavam no centro. De ambos os lados, as fileiras se estendiam. Coisas horríveis aconteciam onde quer que ela olhasse.

— Desçam de minhas costas, crianças — gritou Aslan. E ambas saltaram. Então, com um rugido que abalou toda Nárnia desde o poste de luz ocidental até as costas do mar oriental, o grande animal se lançou sobre a Feiticeira Branca. Lúcia viu o rosto dela erguido para ele, por um segundo, com uma expressão de terror e espanto. O leão e a Feiticeira haviam tombado juntos, mas com a Feiticeira por baixo; na hora, todas as criaturas belicosas que Aslan trouxera da casa da Feiticeira se lançaram loucamente sobre as linhas inimigas — anões com seus machados de batalha, cães com dentes, o gigante com sua clava (e seus pés esmagaram dúzias dos inimigos), unicórnios com seus chifres, centauros com espadas e cascos. E o exército exausto de Pedro dava vivas, e os recém-chegados rugiam, e o inimigo berrava e choramingava até o bosque ressoar com o estrondo daquela investida.

17. A caça ao CERVO branco

A batalha terminou poucos minutos após chegarem. A maior parte dos inimigos havia sido morta no primeiro ataque de Aslan e seus companheiros; e, quando aqueles que ainda estavam vivos viram que a Feiticeira estava morta, se renderam ou bateram em retirada. A próxima coisa que Lúcia soube foi que Pedro e Aslan estavam apertando as mãos. Pareceu-lhe estranho ver Pedro com o aspecto que tinha agora — seu rosto estava tão pálido e severo, e ele parecia bem mais velho.

— Foi tudo obra de Edmundo, Aslan — estava dizendo Pedro. — Teríamos sido derrotados se não fosse por ele. A Feiticeira estava transformando nossas tropas em pedra à direita e à esquerda. Mas nada o detinha. Ele abriu caminho passando por três ogros para chegar aonde ela acabara de transformar em pedra um dos seus leopardos. E, quando a alcançou, teve o bom senso de dar um grande golpe de espada na varinha dela em vez de tentar pegá-la de frente e ser feito estátua em troca pelos seus esforços. Esse foi o erro que todos os demais estavam cometendo. Uma vez que sua varinha estava quebrada, começamos a ter chance — caso contrário, teríamos perdido muitos outros. Ele foi terrivelmente ferido. Precisamos vê-lo.

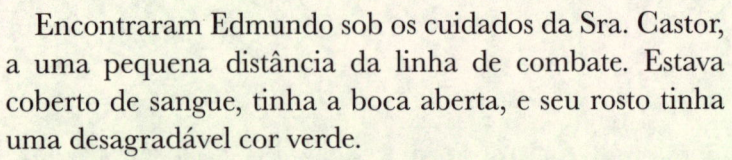

Encontraram Edmundo sob os cuidados da Sra. Castor, a uma pequena distância da linha de combate. Estava coberto de sangue, tinha a boca aberta, e seu rosto tinha uma desagradável cor verde.

— Depressa, Lúcia — disse Aslan.

E então, praticamente pela primeira vez, Lúcia se lembrou do precioso cordial que recebera como presente de Natal. Suas mãos tremiam tanto que ela mal pôde soltar a tampa, mas, no fim, conseguiu e derramou algumas gotas na boca do irmão.

— Há outras pessoas feridas — disse Aslan enquanto ela ainda fitava ansiosamente o rosto pálido de Edmundo, e se perguntava se o cordial daria algum resultado.

— Sim, eu sei — disse Lúcia, contrariada. — Espere um minuto.

— Filha de Eva — disse Aslan com a voz mais grave — outros também estão a ponto de morrer. *Mais* pessoas precisarão morrer por Edmundo?

— Desculpa, Aslan — disse Lúcia, erguendo-se e indo com ele. Durante a meia hora seguinte, estiveram ocupados; ela atendendo os feridos, enquanto ele restaurava os que tinham sido transformados em pedra. Quando ela finalmente se viu livre para voltar a Edmundo, encontrou-o de pé e não somente curado de suas feridas, mas com um aspecto melhor do que ela o vira — oh, em muito tempo; na verdade, desde seu primeiro ano naquela escola horrorosa que fora onde ele começara a dar problema. Voltara a ser ele mesmo, antigo e verdadeiro, e era capaz de olhar no rosto das pessoas. E ali, no campo de batalha, Aslan fez dele um cavaleiro.

— Ele sabe — cochichou Lúcia para Susana — o que Aslan fez por ele? Sabe qual foi de fato o arranjo com a Feiticeira?

— Calada! Claro que não — disse Susana.

— Não deveríamos contar a ele? — disse Lúcia.

— Ah, claro que não — disse Susana. — Seria terrível demais. Pense como você se sentiria se fosse ele.

— Ainda assim, acho que deveria saber — disse Lúcia. Mas foram interrompidas.

Naquela noite, dormiram onde estavam. Não sei como Aslan obteve comida para todos eles, mas, de um jeito ou de outro, viram-se todos sentados na relva para um belo lanche por volta das oito horas. No dia seguinte, começaram a marchar rumo ao leste, descendo pela margem do grande rio. No dia depois desse, por volta da hora da refeição, no final da tarde, chegaram de fato à foz. O castelo de Cair Paravel erguia-se acima deles em seu morrinho; à frente deles, havia as areias, com rochas e pequenas lagoas de água salgada, algas, o cheiro do mar e longos quilômetros de ondas verde-azuladas quebrando, quebrando na praia. E ah, o grito das gaivotas! Você o ouviu? Você pode se lembrar?

Naquela noite, após o lanche, todas as quatro crianças conseguiram descer outra vez à praia, tirar os sapatos e as meias e sentir a areia entre os dedos dos pés. Mas o dia seguinte foi mais solene. Pois no Grande Salão de Cair Paravel — aquele maravilhoso salão com teto de marfim, a parede ocidental recoberta de penas de pavão e a porta oriental que dá para o mar —, na presença de todos os seus amigos e ao som de trombetas, Aslan os coroou solenemente e os conduziu aos quatro tronos em meio a exclamações ensurdecedoras de "Vida longa ao Rei Pedro! Vida longa à Rainha Susana! Vida longa ao Rei Edmundo! Vida longa à Rainha Lúcia!".

— Uma vez rei ou rainha em Nárnia, sempre rei ou rainha. Exerçam bem seu reinado, Filhos de Adão! Exerçam isso bem, filhas de Eva! — disse Aslan.

Pela porta oriental, que estava totalmente aberta, vieram as vozes dos tritões e das sereias que nadavam perto da costa e cantavam em honra de seus novos reis e rainhas.

Assim, as crianças se sentaram em seus tronos, cetros lhes foram postos nas mãos e deram recompensas e honrarias a todos os seus amigos: a Tumnus, o fauno; aos castores; ao gigante Rumbobufo; aos leopardos; aos bons centauros; aos bons anões; ao leão. Naquela noite, houve um grande banquete, folias e danças em Cair Paravel, o ouro luziu e o vinho fluiu, e, em resposta à música lá dentro, porém mais estranha, mais doce e mais penetrante, veio a música da gente do mar.

Contudo, em meio a toda aquela alegria, o próprio Aslan silenciosamente se ausentou. Quando os reis e as rainhas perceberam que ele não estava ali, nada disseram a esse respeito. Pois o Sr. Castor os alertara. "Ele virá e irá embora", dissera ele. "Num dia vocês o verão e no outro, não. Ele não gosta de ser amarrado — é claro que ele tem outros países para cuidar. Está muito bem assim. Aparecerá com frequência. Só que não podem pressioná-lo. Ele é selvagem, sabem? Não é um leão *domesticado*."

Agora, como você vê, esta história está quase (mas não totalmente) no fim. Aqueles dois reis e duas rainhas governaram bem Nárnia, e foi longo e feliz o seu reinado.

No início, grande parte do seu tempo foi gasto procurando o resto do exército da Feiticeira Branca e destruindo-os. De fato, por muito tempo, houve notícia de seres malignos espreitando nas partes mais selvagens do bosque — um assédio aqui e uma matança ali, um vislumbre de um lobisomem em um mês e um rumor de uma bruxa no outro. Mas, ao fim, toda aquela raça imunda foi destruída. Então, fizeram boas leis, mantiveram a paz e salvaram árvores boas de serem derrubadas sem necessidade, liberaram jovens anões e jovens sátiros de serem mandados para a escola, em geral impediram intrometidos e gente que interfere, incentivaram pessoas comuns que queriam viver e deixar viverem. E rechaçaram os gigantes ferozes (uma espécie bem diferente do gigante Rumbobufo) no norte de Nárnia quando se atreveram a atravessar a fronteira. Travaram amizade e aliança com países do além-mar, fizeram-lhes visitas de Estado e receberam visitas deles. Eles mesmos cresceram e mudaram à medida que os anos iam passando. Pedro se tornou um homem alto, atlético e um grande guerreiro, e chamavam-no de Rei Pedro, o Magnífico. E Susana se tornou uma mulher alta e graciosa, com cabelos negros que lhe caíam quase até os pés, e os reis dos países do além-mar começaram a mandar embaixadores pedindo sua mão em casamento. Chamavam-na de Rainha Susana, a Gentil. Edmundo foi um homem mais grave e quieto que Pedro, grande no conselho e no julgamento. Chamavam-no de Rei Edmundo, o Justo. Quanto à Lúcia, ela sempre foi alegre e de cabelos dourados — todos os príncipes daquelas terras desejavam que ela fosse sua rainha, e sua própria gente a chamava de Rainha Lúcia, a Destemida.

Assim viveram em grande alegria, e, se alguma vez recordaram sua vida neste mundo, foi somente como quem recorda um sonho. E em certo ano sucedeu que Tumnus (que, àquela altura, era um fauno de meia-idade, começando a ficar corpulento) veio rio abaixo e lhes trouxe a notícia de que o cervo branco mais uma vez aparecera em sua região — o cervo branco que lhe concederia desejos caso você o apanhasse. Assim, os dois reis e as duas rainhas, com os principais membros de sua corte, saíram em cavalgada de caça com trombetas e sabujos nas Florestas Ocidentais, perseguindo o cervo branco. Não estavam caçando havia muito tempo quando o avistaram. Ele os levou, a grande velocidade, por sobre lugares acidentados e planos, pelos densos e abertos, até os cavalos de todos os cortesãos estarem exaustos e aqueles quatro ainda o perseguirem. E viram o cervo entrar por um capão pelo qual seus cavalos não podiam segui-lo. Então disse o Rei Pedro (pois agora falavam em estilo bem diferente, de tanto tempo que haviam sido reis e rainhas):

— Bons consortes, apeemos agora de nossos cavalos e sigamos esse animal no capão, pois em todos os meus dias jamais cacei mais nobre presa.

— Senhor — disseram os demais —, façamo-lo bem assim.

Portanto, apearam, amarraram os cavalos em árvores e seguiram a pé pela floresta fechada adentro. Assim que entraram, a Rainha Susana disse:

— Bons amigos, eis uma grande maravilha, pois parece-me ver uma árvore de ferro.

— Senhora — disse o Rei Edmundo — se a olhares bem, verás que é um pilar de ferro com uma lanterna posta em seu topo.

— Pela juba do leão, um estranho dispositivo — disse o Rei Pedro — colocar uma lanterna aqui onde as árvores tão densamente se agrupam ao seu redor e tão no alto que, se fosse acesa, a nenhum homem forneceria luz!

— Senhor — disse a Rainha Lúcia —, provavelmente quando este poste e esta lanterna aqui foram colocados havia no local árvores menores, ou em menor número, ou nenhuma. Pois este é um bosque novo e o poste de ferro é antigo. — E pararam fitando-o. Então disse o Rei Edmundo:

— Não sei de que modo, mas esta lanterna no poste estranhamente me instiga. Passa-me pela mente que antes já vi algo semelhante em um sonho ou no sonho de um sonho.

— Senhor — responderam todos — conosco ocorre exatamente o mesmo.

— E mais — disse a Rainha Lúcia — pois não me sai da mente que, se passarmos por este poste e esta lanterna, encontraremos estranhas aventuras ou alguma grande mudança de nossas sortes.

— Senhora — disse o Rei Edmundo — semelhante presságio também se agita em meu coração.

— E no meu, bom irmão — disse o Rei Pedro.

— E no meu também — disse a Rainha Susana. — Portanto, por meu conselho, havemos de retornar logo aos nossos cavalos e não perseguir mais longe esse cervo branco.

— Senhora — disse o Rei Pedro — a esse respeito rogo que me desculpes. Pois nunca, desde que os quatro fomos feitos reis e rainhas em Nárnia, pusemos as mãos em assuntos de peso como batalhas, demandas, feitos d'armas, atos de justiça e semelhantes, depois deles desistimos, mas o que tomamos nas mãos sempre levamos a cabo.

— Irmã — disse a Rainha Lúcia —, meu régio irmão fala com acerto. E me parece que deveríamos nos envergonhar se, por qualquer temor ou presságio, nos desviássemos de seguir um animal tão nobre quanto o que ora perseguimos.

— E assim digo eu — disse o Rei Edmundo. — E tenho tal desejo de encontrar o significado desta coisa que, por minha boa vontade, não retornaria nem pela mais rica joia de Nárnia e de todas as ilhas.

— Então, em nome de Aslan — disse a Rainha Susana —, se todos assim desejamos, avancemos e tomemos a aventura que nos há de caber.

Os reis e as rainhas entraram no capão, e, antes de terem percorrido uma vintena de passos, todos se lembraram de que a coisa que haviam visto se chamava poste de luz; e antes de andarem mais vinte, perceberam que estavam abrindo caminho não através de galhos, e sim através de casacos. No instante seguinte, caíram todos através da porta de um guarda-roupa, para o quarto vazio, e não eram mais reis e rainhas em trajes de caça, mas apenas Pedro, Susana, Edmundo e Lúcia em suas velhas roupas. Era o mesmo dia e a mesma hora do dia em que haviam entrado no guarda-roupa para se esconder. A Sra. Macready e os visitantes ainda estavam conversando no corredor, mas, por sorte, nunca entraram no quarto vazio, e assim as crianças não foram apanhadas.

E esse teria sido o fim da história, não fosse pelo fato de que sentiam que realmente precisavam explicar ao Professor por que quatro casacos estavam faltando em seu guarda-roupa. E o Professor, que era um homem muito admirável, não lhes disse para não serem bobos ou não contarem mentiras, mas acreditou na história toda.

— Não — disse ele —, não acho que será uma boa ideia tentar voltar pela porta do guarda-roupa para buscar os casacos. Vocês não vão entrar em Nárnia outra vez por *essa* rota. Nem os casacos serviriam para muita coisa agora, caso entrassem. Hein? Que foi? Sim, é claro que voltarão a Nárnia outra vez, algum dia. Uma vez rei em Nárnia, sempre rei em Nárnia. Mas não vão tentar usar a mesma rota duas vezes. Na verdade, nem *tentem* entrar lá. Vai acontecer quando não estiverem buscando isso. E não falem demais a esse respeito, mesmo entre vocês. Não mencionem a outras pessoas, a não ser que descubram que elas mesmas tiveram aventuras da mesma espécie. Que foi? Como vão saber? Ah, vão *saber*, sim. Coisas esquisitas que elas dizem, até o aspecto delas, revelarão seu segredo. Mantenham os olhos abertos. Mas que coisa, o que *ensinam* a eles nessas escolas?

E este é o verdadeiro fim da aventura do guarda-roupa. Mas, se o Professor estava certo, foi só o começo das aventuras de Nárnia.

Este livro foi impresso pela Ipsis
para a Harper Collins Brasil em 2023.
A fonte usada no miolo é Baskerville.
O papel do miolo é pólen bold 70g/m².